CORAGEM SEM LIMITES

VICTORIA LACHAC

CORAGEM SEM LIMITES

Copyright © 2017 Victoria Lachac
Todos os direitos desta edição reservados à Editora Labrador.

Coordenação editorial
Beatriz Simões Araujo

Capa
Maiane de Araujo

Ilustrador
Dayvid Mendes

Projeto gráfico e diagramação
Priscilla Andrade

Revisão
Perfekta Soluções Editoriais

Dados Internacionais de Catalogação na Publicação (CIP)
Andreia de Almeida CRB-8/7889

Lachac, Victoria
Coragem sem limites / Victoria Lachac. — São Paulo : Labrador, 2017.
200 p.

ISBN 978-85-93058-17-2

1. Literatura brasileira I. Título

17-0489 CDD: B869

Índices para catálogo sistemático:

1. Literatura brasileira

Editora Labrador
Rua Dr. José Elias, 520 – sala 1 – Alto da Lapa
05083-030 – São Paulo – SP
Telefone: +55 (11) 3641-7446
Site: http://www.editoralabrador.com.br
E-mail: contato@editoralabrador.com.br

A reprodução de qualquer parte desta obra é ilegal e configura uma apropriação indevida dos direitos intelectuais e patrimoniais do autor.

ÍNDICE

I. O sonho insano	8
II. *Prandium*	12
III. Conversando com Hadriana	16
IV. Conversando sobre treinamento militar	20
V. Implorando	24
VI. Voltas pelo Monte Palatino	29
VII. A resposta	33
VIII. Apanhando um pouco	37
IX. Algumas novidades	47
X. Um novo grande companheiro	50
XI. Experiências e sonhos	54
XII. Conversando sobre Constantinus	61
XIII. Um fantasma familiar	66
XIV. Conspirações?	72
XV. Uma paixão secreta	76
XVI. Conversando sobre Petronius	80
XVII. Conhecendo um tipo diferente de arte	85
XVIII. Tudo por uma coroa	89

XIX. Um plano surge da morte 96

XX. O enterro 102

XXI. Hadriana me surpreende e eu recebo um bilhete 107

XXII. Vitruvius, Horatius e Aelius 113

XXIII. Decifrando sonhos 120

XXIV. O tempo passa 124

XXV. Amada pelas tropas 128

XXVI. O segundo melhor dia da minha vida 133

XXVII. Primeira reunião 138

XXVIII. Isso sim é melhor amiga 143

XXIX. A homenagem 149

XXX. Despedida 152

XXXI. Lutas e uma nova... Amizade? 155

XXXII. Conversa noturna 159

XXXIII. Uma segunda batalha 163

XXXIV. Depois de tanto tempo... 166

XXXV. A melhor dupla de todas está de volta 171

XXXVI. Pretorianos? 175

XXXVII. Hadriana me faz uma visita 180

XXXVIII. Louça pode ser útil 186

XXXIX. Despedida? 191

Aos meus queridos pais, Solange e
Ricardo, e avós, Idalina e Antonio,
que sempre me incentivaram a
realizar os meus sonhos e são meus
melhores amigos.

I
O SONHO INSANO

Na Roma Antiga, existia uma família que levava uma vida de luxo, habitando o Monte Palatino e conhecida por todos. Especialmente o pai, que era uma importantíssima figura política e simbólica em Roma. Essa família era rica e composta por pai, mãe, dois meninos e uma menina. Enfim, eles não eram pessoas comuns, eram a família do adorado César de Roma, Servius Flavius Regillus, mais conhecido como Flavius IV. Ele tinha 47 anos, era alto e possuía cabelos curtos e castanho-escuros e olhos da mesma cor. Naquela época, ele estava enfrentando uma crise econômica e política em Roma e, por isso, encontrava-se muito sobrecarregado.

Ninguém via com muita frequência o rosto da mulher e dos filhos de Flavius. Os filhos eram muito parecidos entre si, principalmente os dois mais velhos. Flavius já havia se casado duas vezes e tinha quatro filhos: Livia, Tullius e Flavia, filhos de Flavius e sua primeira mulher; e Mauritius, filho dele e sua segunda mulher, Estela Volusa, que tinha olhos cor de avelã, cabelos castanho-escuros e longos e 42 anos de idade.

Flavia, irmã mais nova de Livia e Tullius, morreu por conta de uma infecção bacteriana de garganta aos 2 anos. A mãe de Tullius e Livia morreu no mesmo ano que Flavia ao pegar a mesma infecção da filha. Tullius era um garoto de 14 anos, o mais velho dos dois meninos, tinha cabelos curtos e ruivos, olhos verdes e era folgado feito uma pequena madame, o que decepcionava Flavius, pois queria que o filho se candidatasse um dia para ser o próximo César, enquanto Tullius não queria nem saber disso.

O jovem ficava o dia todo sentado, dando ordens aos empregados, algumas humilhantes, como fazer massagem em seus pés ou trazer um simples copo de água para ele, o que era capaz de fazer sozinho. Além disso, quando ia ao treinamento militar, Tullius era massacrado pelos outros meninos, por isso era muito medroso. A maioria dos soldados alistados que frequentavam o treinamento militar tinha entre 17 a 46 anos, mas os filhos de César iam desde os 10, pois o pai fazia questão que treinassem mais tempo que os outros para se tornarem generais um dia.

Embora fosse covarde e folgado, e não ligasse para as aulas que o professor particular, Rubellius Crispus, dava, Tullius tinha grande habilidade artística e era admirado por isso. Possuía um dom que poucos romanos tinham: a habilidade de esculpir. Escondido, Tullius sempre saía por Roma e roubava pedaços de dois metros de mármore, que eram usados para construir templos, arrastando-os com a ajuda de alguns pedreiros para seu quarto secreto em sua casa. Ele fazia, de um simples pedaço de mármore, uma obra de arte impecável, usando apenas um facão e algumas ferramentas de construção que pegava emprestado dos mesmos pedreiros que o ajudavam. Tullius sonhava em ser escultor, não dava a mínima para política ou militarismo, o que decepcionava Flavius, pois o primogênito era seu único possível sucessor, pois Livia era uma garota e Mauritius ainda era muito novo para isso.

Flavius não sabia que Tullius ainda esculpia porque, em certo dia, flagrou o filho esculpindo em seu quarto e bateu nele com força, depois quebrou a escultura que estava sendo feita e disse: "Escultura não é coisa que um filho de um César faça, seu moleque! Vá arrumar algo útil para fazer! Você será um estudioso e um candidato ao governo de Roma e não ouse me desobedecer!". Tullius ficou duas semanas sem esculpir depois daquele comentário ofensivo de Flavius. Depois desse episódio, começou a esculpir escondido. Mauritius também não era tão diferente de Tullius em alguns aspectos.

Mauritius tinha 11 anos, era um pouco mais baixo que Tullius e Livia, possuía cabelos curtos e loiros, olhos cor de avelã e era uma pequena madame, feito Tullius, mas pegava menos pesado que o irmão com os empregados. Também detestava militarismo e não ligava para as aulas que recebia do professor Rubellius, principalmente para as de história e latim. Mauritius nunca ligou para aventura, era massacrado no treinamento militar e era folgado como Tullius. O que Mauritius realmente gostava de fazer era pintar quadros. Observava, diariamente, as paisagens de Roma pela janela, os pássaros, as pessoas e as construções, e usava tudo isso de inspiração para suas pinturas. Mauritius tinha uma boa noção de espaço e, por isso, muitas de suas pinturas pareciam ser tridimensionais. Ele sonhava em ser um pintor famoso. Flavius também tinha muita vergonha de Mauritius por isso, mas não se importava tanto com o filho nesse aspecto porque ele era jovem demais para se candidatar a César. Agora só falta mencionar a garota da família: Livia.

Livia era uma garota de 14 anos, tinha cabelos longos e castanho-escuros, olhos azuis e era completamente diferente de seus irmãos. Nunca humilhava os empregados e adorava as aulas dadas pelo professor Rubellius. Suas matérias favoritas eram arte, história e ciências. Além disso, Livia era simpática, aventureira e ousada, gostava de encarar desafios e não era dada a frescuras. De vez em quando, brincava de acampar na parte arborizada do Monte Palatino por três dias justamente para viver a aventura de lidar com os insetos, tentar sobreviver sem conforto e aproveitar o clima do lugar. Livia gostava de conversar e ajudar as pessoas e, diferente do resto das meninas, Livia nunca ligou muito para garotos e não sonhava em casar-se e montar uma família porque pensava que, uma vez casada, ficaria presa à casa, ao marido e aos filhos para sempre. Livia tinha muita vontade de fazer o treinamento militar e, de vez em quando, assistia seus irmãos treinando e pedia para Flavius para participar, mas o pai não deixava, embora achasse que a filha era completamente capaz de fazer o treinamento e confiava mais nela para governar Roma do que em seus outros dois filhos. Livia queria ser alguém na vida. Ela tinha um grande sonho, mas sabia que esse sonho era impossível de se realizar: ser o César romano. Livia queria um dia governar Roma, ser adorada pelo povo e liderar o exército. Às vezes até vestia as roupas de seu pai e brincava de ser o imperador.

O fato de Livia não poder ter a chance de ser César e general romano a decepcionava, pois, na opinião dela, isso era uma ofensa às mulheres e as rebaixava. Essa forma de tratá-las fazia com que as pessoas sempre acreditassem que elas não passavam de uma cria ou a segunda mãe do marido. Livia também dizia que, ao contrário do que muitos pensam, ela era muito mais competente, poderosa, esforçada e corajosa do que muitos homens.

Embora sabendo que ser César era algo impossível para ela e qualquer garota romana plebeia ou patrícia, Livia ainda gostava de se imaginar governando o Império, resolvendo as crises, sendo amada e respeitada e, além de tudo isso, liderando o exército romano e conquistando territórios. Livia acreditava em si mesma apesar de tudo. Aliás, só para constar, essa garota que acabei de apresentar a vocês sou eu.

Meu nome é Livia, sou filha do César Flavius IV e contarei a vocês a minha história.

II
🏛 *PRANDIUM* 🏛

Em certo dia, meu pai, meus irmãos, Estela e eu estávamos em nossa grande casa no Monte Palatino. Como todos os dias, minha madrasta estava na cozinha preparando o nosso *prandium*, uma espécie de almoço romano, e eu estava sentada na janela com os meus pés para fora, sonhando em governar Roma, imaginando-me vestida de César e também de militar romano.

— Mãe, já acabou de fazer o nosso *prandium*? — perguntou Mauritius, com muita fome.

— Estou quase acabando, Mauri. — respondeu Estela. Meu pai estava pensativo naquele momento, sentado em um canto sozinho, vestindo o seu manto branco com a grande faixa dourada que o cruzava. Parecia estar preocupado. Eu gostaria muito de poder ajudar, mas eu não fazia ideia do que ele estava pensando. Preocupado, enquanto recebia uma massagem nos pés de um criado, Tullius disse a meu pai:

— Posso ajudá-lo em alguma coisa, pai? Você está tão quieto e preocupado...

Meu pai suspirou e respondeu:

— Não tem nada que você possa fazer, Tul. Tem a ver com a crise econômica e política que vem acontecendo aqui em Roma. Estou preocupado. Tanta corrupção lá no Senado, desemprego... Não se preocupe, é coisa de adulto. — respondeu, querendo ser gentil.

Eu saí da janela onde estava sentada, arrumei minha toga branca com tons de verde-claro que estava amassada e perguntei:

— Quer que eu lhe traga uma água para que se acalme, pai? Geralmente funciona comigo.

— Não, Liv, obrigado. Mas eu aceito um pouco de vinho, encha um copo para mim, por favor. — disse meu pai, passando a mão na testa molhada de suor por conta do nervoso em que se encontrava. Fui então pegar uma garrafa de vinho que estava na cozinha, eu a abri, enchi uma taça de vinho que também estava lá e dei a taça para o meu pai. Ele bebeu metade do vinho que tinha e depois deixou a taça em cima de uma mesa preta que estava ao lado.

"Ao mesmo tempo em que ser César deve ser legal, também deve ser difícil, por essa razão que eu quero isso, porque gosto de desafios", pensei eu. No mesmo momento, Estela disse, em tom alto:

— O *prandium* está pronto!

Mauritius, meu pai, Tullius e eu fomos até a cozinha, onde Estela nos serviu, colocou bebida em nossos copos e todos nós começamos a comer. Não era comum em casa Estela preparar o *prandium*, mas as nossas duas cozinheiras estavam doentes naquela semana, então não teve outro jeito.

— A comida está muito boa, Estela. Gostei bastante. — disse muito feliz com a comida. Os romanos sempre comiam o *prandium* em pé, então nós não estávamos sentados no momento em que comíamos o nosso *prandium* naquele dia. Eu estava sendo honesta, a comida estava muito boa mesmo. Estela sorriu para mim e disse:

— Bom saber que você reconhece que cozinho bem, Liv. Porque tem gente aqui que não reconhece. — Ao dizer isso, Estela lançou um olhar penetrante em Mauritius porque ele sempre reclamava da comida dela. Quase dei risada na hora e percebi que o Tullius quase riu também, mas nós dois nos seguramos.

— O que foi, mãe? O que eu fiz? — perguntou Mauritius assustado. Estela não respondeu, sabia que Mauritius sabia muito bem que havia criticado a comida dela várias vezes. Depois que terminamos de comer, uma de nossas criadas tirou a mesa e começou a lavar os pratos. Meu pai colocou a coroa de César na cabeça e disse para nós:

— Pessoal, tenho uma reunião no Senado. Precisamos resolver umas coisas. Filhos, fiquem atentos porque o professor de vocês hoje vem quinze minutos mais cedo. E algum criado levará vocês ao treinamento militar. Estela, venha comigo!

— Mas, pai, eu não posso entrar no treinamento militar? Eu peço isso para você há tanto tempo e você sabe que eu estou pronta para fazer o treinamento! — disse inconformada.

— Não sei, Liv. Depois conversamos sobre isso. — disse meu pai. Antes de sair, ele veio até mim e sussurrou:

— Aliás, se você fosse o César de Roma, como sempre sonhou, em vez de mim, quem sabe você conseguiria resolver melhor essa crise em Roma. Você é uma garota inteligente, ousada, aventureira, carismática e esforçada. Você seria um ótimo César e general, Liv, estou falando sério. Muito melhor do que qualquer um dos seus irmãos e do que muitos políticos por aí. Se eu pudesse e a lei permitisse, você com certeza poderia se candidatar a ser o próximo César de Roma. Também sei que você seria o melhor general de todos. — disse meu pai, sorrindo para mim e já saindo de casa. Lá embaixo estava esperando a biga dele com os cavalos para levá-lo com Estela ao Senado. Eu o observei da janela e fiquei pensando que, infelizmente, não poderia estar no lugar dele um dia apenas por ser menina. Nunca consegui entender isso. O que as pessoas pensavam? Que os homens eram mais competentes que nós por acaso? Ridículo. O meu próprio pai falava que eu me sairia muito bem em política e que se ele pudesse escolher alguém para ser o próximo César, ele me escolheria. Depois que meu pai saiu, Estela pediu para que uma criada costurasse a toga rasgada dela e Tullius me disse:

— Liv, eu não quero nunca me candidatar a César. Muito menos ser militar. Será que o pai nunca vai entender isso?

— Não sei. Você é o filho homem mais velho que ele tem e seria estranho se você não se candidatasse um dia para ser César. — respondi. Tullius suspirou e disse:

— Pois é. O sonho de ser César e militar é seu e, ainda por cima, eu o estou roubando de você. Eu queria que você pudesse pelo menos ter essa chance e também liderar o exército. Acho você muito capaz de fazer as duas coisas e acho que você seria um ótimo César e talvez até poderia resolver os problemas de Roma em um piscar de olhos, além de expandir Roma ainda mais.

— Muito obrigada. Eu também acho que estudando um pouco de política eu conseguiria me sair muito bem como César, e ainda tenho a vantagem de ser uma garota bem esperta e carismática, o que é indispensável para um militar, um César ou qualquer outro líder. Mas nem todos os sonhos se tornam realidade. Às vezes eles continuam sendo apenas... Sonhos. — afirmei triste.

— E o mesmo acontece comigo em relação ao meu sonho de ser escultor. Eu jamais conseguirei isso, ainda mais sendo filho de um César. Pelo menos enquanto o nosso pai estiver vivo. — comentou Tullius também triste.

— Você pelo menos tem a oportunidade de viver seu sonho ocultamente. Eu nem tenho essa chance. — disse ainda mais triste e suspirando.

— Isso acabou de me inspirar para uma nova escultura, Liv! Vou me esculpir com uma roupa simples de escultor e ferramentas e você vestida de César ao meu lado! O que acha? Em homenagem aos nossos sonhos. — disse Tullius ansioso.

— Boa ideia, Tul! Depois que você acabar, me mostre! — pedi, sorrindo.

— Pode deixar. — respondeu Tullius, sorrindo de volta. Ansioso, Tullius então foi para o quarto dele e começou a esculpir com seu facão e suas ferramentas emprestadas. Enquanto isso, fiquei lendo um livro, que estava nas coisas do meu pai, sobre política sentada em uma cadeira da sala de estar. Era um livro bem interessante e, com ele, já consegui algumas informações sobre como governar uma nação usando as estratégias e os modos certos. Logo depois, peguei um livro sobre militarismo, que também estava nas coisas do meu pai e fui para outra cadeira lê-lo. Também era muito interessante e ensinava coisas sobre estratégia militar, espírito de equipe e sobre os generais mais importantes que Roma já teve. Gostei bastante dos dois livros.

III

CONVERSANDO COM HADRIANA

No mesmo dia, meia hora depois, eu ouvi a porta de casa bater. Tullius também ouviu, mas estava concentrado em sua escultura e não levantou para atender a porta. Eu estava concentrada lendo um livro sobre guerra e não levantei também. Uma criada nossa então abriu a porta e exclamou:

— Estela! Crianças! Tem visita para vocês! — fui a única que levantou e foi até a porta ver quem era. Quando vi, fiquei feliz.

— Oi, Liv! Cheguei! — disse minha melhor amiga, Hadriana, que eu havia convidado para vir em casa naquele dia. Aliás, eu encontrava com ela quase todos os dias. Hadriana era bonita, alta e tinha olhos e cabelos castanho-escuros.

— Oi! Pode entrar, Hadri! — disse feliz em ver Hadriana. "Hadri" era o apelido que eu dei para Hadriana quando a conheci. Ao entrar, Hadriana sentou no chão ao meu lado e disse:

— Então? Seu pai já a deixou entrar no treinamento militar?

— Não. Eu ando insistindo bastante, mas ele não muda de opinião... — respondi aborrecida.

— Isso é uma pena, Liv. Se você fosse um garoto, tudo seria diferente. Quem teria de se candidatar a César seria você, e não o seu irmão, daí você teria uma grande chance de realizar seu sonho. — afirmou Hadriana. Na hora em que Hadriana disse isso, fiquei mais triste ainda. Afinal, eu era a mais competente dos três filhos do meu pai, ou seja, quem deveria tentar ser César e, com certeza, fazer o treinamento militar. Só não posso pelo simples motivo de ser menina. Filha de um César, mas uma menina.

— Parece que as pessoas pensam que as garotas não têm capacidade mental para fazer as coisas! Além de não dar chance a elas na política, não dão chance a elas em nada, nem para ser pedreiro! — comentou Livia furiosa.

— Pense pelo lado bom: nós, garotas patrícias, pelo menos temos a chance de estudar e ganhar conhecimento como qualquer um. Já as coitadas das garotas da plebe nem isso podem. — afirmou Hadriana, sorrindo.

— E o que isso muda, Hadri? Mesmo estudando, você já viu alguma garota patrícia trabalhando em uma coisa junto com os homens? Ou entrando no Senado para discutir sobre política e economia usando realmente seus conhecimentos? É o que a minha cozinheira diz: de que adianta ter o trabalho de cozinhar uma carne sem nem poder comê-la depois? Isso é triste, mas infelizmente é a realidade. — disse eu inconformada. Hadriana refletiu sobre aquilo e percebeu que eu estava certa. Com isso, ficou ainda mais revoltada.

— Bom... Agora você resumiu tudo. Só dão aulas para as garotas patrícias para dizer que dão. Bom, na verdade, muitas garotas da plebe também estudam. — disse Hadriana, suspirando. No mesmo momento, peguei alguns livros que estavam em cima de uma escrivaninha e disse:

— Está vendo esses livros todos de história, matemática, história das guerras, ciências, política, latim, arte... Eles são a melhor coisa do mundo. Adoro explorá-los, conhecer as coisas e formar ideias. Sei também que mulheres romanas são poderosas e que influenciam bastante na vida dos homens. Mas a questão é: esse conhecimento e inteligência me levarão a algum lugar?

— É provável que não, Liv, mas continue estudando, não por obrigação e sim porque é sua paixão. Se lembra das nossas poucas tardes estudando juntas? Vamos aumentá-las! Tornar-nos garotas cultas, não pela felicidade de alguém, mas pela nossa! E quando casarmos, nossos maridos serão nossos cachorrinhos com certeza! — disse Hadriana feliz. No mesmo momento, Tullius exclamou:

— Traga uma água com alguma coisa para acompanhar, por favor! Rápido! — Uma criada rapidamente trouxe o que Tullius pediu e depois suspirou de um jeito que parecia que ela estava dizendo: "Garoto folgado. Detesto você. Eu quero é quebrar esse copo de água na sua cabeça".

— Bom, ser culta por diversão e dominar o marido discretamente, como a Estela, por exemplo, é bem melhor do que se tornar uma "madame Tullius" da vida. — afirmei, rindo. Hadriana riu também e disse:

— Mas podemos começar a fazer isso apenas mais tarde. Vamos lutar com as espadas dos seus irmãos agora?

— Sim! — concordei ansiosa. Hadriana e eu então fomos até o quarto de cada um de meus irmãos, pegamos uma espada para cada uma e começamos a duelar. Obviamente era apenas uma brincadeira.

— Vocês podem fazer menos barulho, gladiadoras? Estou estudando perspectiva para o teste de amanhã! — exclamou Mauritius bravo.

— Me desculpe, Mauri! — disse eu. Hadriana e eu então começamos a lutar com menos intensidade como Mauritius havia pedido e ele não reclamou mais. Depois de vinte minutos lutando, Hadriana e eu fomos felizes tomar um sol fora de casa, mas não saímos do Monte Palatino.

— Roma é muito bonita, não é? — disse eu, suspirando.

— Sim... E muito grande também. — disse Hadriana, rindo ao se lembrar do tamanho do Império Romano. Eu ri também e disse:

— Topa acampar comigo hoje aqui no Monte, Hadri?

— Topo! Que horas posso vir? — perguntou Hadriana ansiosa.

— Pode vir umas sete da noite. Eu a encontro naquela árvore ali. — disse eu, apontando para uma grande árvore que estava a minha direita a uns cem metros de mim. Hadriana concordou com a cabeça.

— Liv, posso perguntar uma coisa para você? — perguntou Hadriana.

— Claro. — disse.

— Se um milagre acontecer, vamos supor, e você se tornar mesmo o César de Roma, o general, ser adorada, respeitada, tudo mais... Você vai ter de viver uma vida dupla o tempo todo. Isso não te incomoda? — perguntou Hadriana, imaginando a situação. Eu ri e disse:

— Lógico que não! O meu sonho é governar Roma e nada mais. Largo qualquer coisa por Roma, faço qualquer sacrifício, não me importo.

— Mas e se você se apaixonar por alguém? Pode acontecer, Liv, nós somos meninas e é natural que um dia sentiremos atração por algum menino. Daí você não vai ter a chance de saber se ele gosta de você ou não. — afirmou Hadriana.

— É só eu me esquecer do garoto. Se apaixonar é passageiro, governar Roma é eterno. Aliás, prefiro Roma a ficar presa em casa cuidando de marido e filhos e não passando de "esposa de um fulano". — disse eu, rindo. Percebi que Hadriana se assustou com o meu comentário, então não prolonguei muito o assunto. Afinal, ela e ninguém jamais entenderiam o que eu sentia em relação ao meu sonho de governar Roma e liderar o exército romano. No mesmo momento, vi Mauritius e Tullius saindo de casa, pois estava na hora do treinamento militar dos dois. Fiquei chateada, pois eles nem se despediram de mim antes de sair.

— Bom, você é quem sabe. Pelo menos para ter metade do seu sonho realizado, isso é, se tornar militar, você tem de insistir mais um pouco para o seu pai colocá-la no treinamento militar.

— Isso eu concordo.

Nós duas continuamos no Monte um tempão conversando. Só às três da tarde voltei para casa. Três e meia era a hora da aula particular com o professor Rubellius.

IV
🏛 CONVERSANDO SOBRE TREINAMENTO MILITAR 🏛

Uma hora depois, quase na hora do professor Rubellius chegar para dar aula para mim e meus irmãos, Tullius e Mauritius chegaram muito cansados do treinamento militar, ainda usando aquelas armaduras douradas de soldado romano, que eu sempre quis usar, e segurando aquele pesado escudo e a espada.

— E aí, meninos? Como foi o treinamento? — perguntei, rindo da situação dos meus irmãos naquela hora. Antes de qualquer coisa, Tullius sentou, deu um suspiro e disse:

— Foi um inferno, como sempre. A única diferença é que hoje foi um inferno multiplicado por mil!

— Eu concordo... — disse Mauritius, apoiado em um armário e exausto como Tullius. Eu fiquei com pena dos dois e perguntei:

— Mas vocês não conseguiram lutar e derrotar nenhum garoto? Foi tão ruim assim o treino?

— Acredite, Liv, foi sim. Acabaram conosco. — respondeu Tullius, tirando seu capacete dourado com penacho vermelho de soldado romano.

— O pior é que acabaram conosco mesmo, tanto é que até ganhei esse corte horrível na minha testa por causa de um idiota que meteu a espada em mim! — contou Mauritius revoltado. Quando meus irmãos contavam sobre os treinos militares deles, eu ficava com muita pena porque eles sempre se davam mal lá. Mesmo assim, eu não me desanimei: continuava sendo uma importante parte do meu sonho participar do treinamento militar e, um dia, me tornar um general. Eu sabia que o único motivo pelo qual Mauritius e Tullius sempre eram prejudicados no treinamento militar era porque eram dois covardes e não lutavam com vontade. Eles detestavam o treinamento militar.

— Acontece, Mauri. É normal, em uma guerra ou em um treinamento militar, você acabar se machucando de vez em quando, não tem jeito. Você e o Tul vão ter de se acostumar com isso um dia, até porque há garotos que lutam para valer e, às vezes, saem com machucados muito piores que os de vocês. — disse com uma expressão séria. Meus irmãos se olharam com um jeito confuso, como se achassem que eu não estivesse falando nada com nada e que eu estava subestimando a capacidade deles. Na verdade, eu não estava subestimando a capacidade deles, eles que eram moles mesmo.

— Liv, acho mesmo é que você deveria entrar para o treinamento militar. Você fala tanto que o Mauri e eu somos ruins, então é porque você tem algo a provar. — afirmou Tullius, de braços cruzados e testa franzida.

— Tudo bem que realmente levamos muita porrada e quase nunca ganhamos uma luta lá no treinamento, mas você nunca fez treinamento, Liv, então eu não acho que você entenda tão bem de luta. — acrescentou Mauritius, também de braços cruzados e testa franzida. Eu dei uma leve risada e disse:

— Eu nunca disse que sou melhor ou pior que vocês, mas de uma coisa tenho certeza: vocês nunca deram importância para treinos militares e sempre saem perdendo na luta. E, para se ganhar uma luta, não é necessário apenas prática, como também agilidade, força, boa percepção, coragem e vontade. Aliás, já vi vocês lutando e vocês não têm nenhuma dessas coisas.

— Definitivamente não temos e sei que coragem você tem, Liv, mas e o resto das coisas que você citou? Você tem alguma delas? — perguntou Tullius.

— Obviamente! Tenho agilidade, coragem e vontade. Sobre as outras coisas que disse, ganharei pela prática. Se eu fizer o treinamento militar, eu tenho certeza que vou conseguir essas coisas; talvez eu apanhe um pouco no começo, mas quando eu pegar a manha de lutar, é melhor que os moleques que treinarem comigo fujam. — disse com um sorriso maléfico. Percebi que Tullius e Mauritius ficaram espantados com a minha confiança de que daria tudo certo. Aliás, até eu mesma às vezes me assustava com minha autoconfiança e determinação.

— Eu também sei que você tem essas qualidades, Liv. Já eu não tenho nenhuma delas e a qualidade que definitivamente não tenho é a vontade de lutar, porque odeio lutar, odeio essa ideia de ser militar e possível César, odeio agredir os outros, odeio aquele general gritando comigo e odeio levar porrada! — afirmou Tullius bravo ao se lembrar.

— Você também não gosta do treinamento, não é, Mauri? — perguntei.

— Eu sou igual ao Tul no treinamento militar e ainda digo mais: se eu pudesse, sem o pai saber, eu fugiria do treinamento militar todos os dias. Ou até mesmo nem iria. Detesto aquilo. Mesmo se eu fosse um bom soldado, cairia fora do treinamento militar porque minha paixão mesmo é a arte e não a luta. — comentou Mauritius.

— Viram? Um dos grandes motivos que vocês saem perdendo no treino é que vocês não têm vontade e muito menos coragem de fazê-lo. Aliás, um dos elementos principais para fazer alguma coisa direito é ter paixão pelo que está fazendo. — afirmei.

— Eu concordo com você, Liv. É bem mais difícil para mim executar uma tarefa que eu detesto do que fazer alguma coisa que gosto muito. — disse Tullius com uma expressão de quem estava refletindo. No mesmo momento, ele exclamou para a nossa criada principal:

— Eu quero um copo de água gelada, por favor! E um pouco de massagem nas costas! — A criada rapidamente providenciou a água a Tullius. Ele sentou e a mulher começou a fazer massagem em suas costas. Inconformada, eu disse para Tullius, com raiva:

— Você tem de aprender a ser menos folgado, Tul! Onde já se viu? Chamar nossa criada para fazer massagem nas suas costas? Nada a ver!

— Ela é nossa criada, peço o que eu quiser a ela. — disse Tullius, em um tom completamente arrogante. Nem me desgastei falando mais coisas para Tullius, porque eu sabia que ele não mudaria, mas, mesmo assim, eu morria de dó das nossas criadas quando ele as chamava para fazer algo sem sentido e até mesmo humilhante para ele.

— Na minha opinião, Liv, você deveria insistir mais para o pai colocá-la no treinamento militar. Você quer muito isso e também acredito que se daria bem lá. — disse Mauritius.

— Obrigada, Mauri, eu concordo. Vamos ver se insistindo bastante ele deixa. — disse, sorrindo. Horas depois, deu o horário da nossa aula particular com o professor Rubellius. Não foi tão legal, a única coisa que me lembro é que ele passou uma revisão sobre perspectiva para o teste do dia seguinte. Ajudou-me bastante, porque eu não havia estudado aquela matéria direito e não lembrava muitas coisas sobre ela.

V
🏛 IMPLORANDO 🏛

No mesmo dia, eu estava no meu quarto com uma das espadas dos meus irmãos brincando de dar golpes. Eu não estava lutando com ninguém, eu estava apenas mexendo a espada no ar de diferentes maneiras e imaginando a luta. Estava também imaginando minha chegada a Roma depois da "batalha" que estava tendo no momento. Quando virei com a espada para imitar um daqueles golpes mais malucos, Tullius apareceu no quarto, riu e disse:

— Calma, Liv. Não quero ser assassinado por você.

— Desculpe, Tul, eu não o vi aí. — disse, rindo um pouco também. Na hora, eu fiquei confusa porque estava lá no meu quarto lutando comigo mesma, olhando para as paredes bonitas e brancas do ambiente e, do nada, aparece Tullius ali.

— O que foi, Tul? Por que você veio aqui? — perguntei.

— Eu queria avisá-la que daqui a pouco o pai chegará e é bom guardar essa espada antes que ele veja... — disse Tullius preocupado.

— Nossa, é verdade! Pode pegar a sua espada então. — disse, estendendo a mão e devolvendo a espada de Tullius, que a pegou rapidamente e disse:

— Se eu pudesse, Liv, eu daria essa espada de presente para você. É você quem gosta dessas coisas de luta, política, história e tal... Eu não queria ter de aprender nada dessas coisas chatas, afinal, o meu negócio, a minha paixão mesmo, é fazer esculturas de mármore.

— Entendo, Tul. Quem sabe hoje eu consigo convencer o pai de me colocar no treinamento militar pelo menos. Afinal, se isso acontecer, uma grande parte do meu sonho vai ser realizada. — afirmei, suspirando de felicidade ao pensar.

— Tente. Quem sabe ele deixa. — dito isso, Tullius foi para seu quarto terminar a minha escultura que estava fazendo há um tempo. Tensa, eu respirei fundo e pensei: "Acalme-se, Livia. Afinal, a única coisa que você tem de fazer para convencer seu pai a colocá-la no treinamento militar é, com sutileza, usar as palavras certas. De preferência, tente comovê-lo". Depois de ter pensado isso, respirei fundo, arrumei o meu cabelo e, quando vi meu reflexo em um pequeno enfeite do meu quarto, disse:

— Tudo que você tinha de ser era um menino, Livia. Mais nada. Você nasceu primeiro que todos os seus irmãos e com todo o talento para ser um grande César, mas não nasceu um menino. Lamentável... — triste e decepcionada, eu saí do meu quarto e fui para a sala ler um livro de perspectiva, para estudar para a prova que eu teria no dia seguinte, enquanto esperava a chegada do meu pai.

Uma hora depois, terminei de ler o livro e o guardei nas minhas coisas. Fiquei muito brava com Tullius, porque ele havia me dito que meu pai estava chegando, já havia passado uma hora e nada de ele aparecer. Não briguei com Tullius por isso, mas fiquei um pouco brava. Alguns minutos depois, ouvi um barulho de bichos correndo e fui depressa olhar pela janela para ver o que era. Eram os cavalos da biga do meu pai que estavam levando-o de volta para casa. Ao chegar em frente de casa, dois serviçais ajudaram meu pai e Estela a sair da biga e, logo depois, os dois entraram em casa. Quando vi aquela cena de meu pai na biga, me imaginei lá, usando um grande manto branco, com uma faixa e uma bela coroa de louros na cabeça.

— Olá, crianças! — disse Estela, sorrindo.

— Oi, Estela! — cumprimentei, abraçando Estela.

— Oi, mãe! — disse Mauritius.

— Oi, Estela! — disse Tullius, sorrindo. Os dois abraçaram-na no mesmo momento.

— Oi, crianças. Tudo bem com vocês? — disse meu pai, sorrindo levemente.

— Sim, estou muito bem, pai. Gosto bastante da sua roupa de César. — disse, sorrindo e me imaginando naquela gloriosa e única roupa que só um homem poderia vestir.

— Obrigado, Liv. — agradeceu meu pai, indo em direção ao quarto dele. Eu o persegui até lá e fui dizendo:

— Então, pai, os anos estão se passando e eu estou ficando cada vez mais velha; como eu nunca poderei governar Roma, queria pedir algo para você. Acho que é uma coisa viável.

— Não se preocupe. Pode falar. — disse meu pai, estranhando meu tom tenso de voz.

— Eu queria fazer o treinamento militar. Dessa vez, não estou brincando. Quero aprender a lutar, reagir e ser um bom soldado um dia. Talvez eu nem vire um general importante, mas eu queria muito fazer o treinamento, do fundo do meu coração. — Meu pai se assustou um pouco com o meu pedido e não sabia muito bem o que fazer porque tinha medo de que pessoas e senadores o criticassem se ele colocasse sua filha em uma atividade masculina.

— Liv, nós já conversamos sobre isso! Não posso fazer o que você está me pedindo, isso é loucura! Não posso colocar minha tão delicada e adorada filha em um treinamento militar! — afirmou meu pai inconformado. Eu suspirei de raiva e disse:

— Delicada, pai? Fala sério! Quero mesmo é lutar corpo a corpo com um garoto de armadura, aprender alguns golpes diferentes e ter a chance de ser um soldado! Não quero ficar em casa estudando sendo que um dia acabarei no máximo sendo a escrava de um homem!

— Não fale assim, Liv! Você é uma garota nobre e de sorte, não tem de ficar reclamando de tudo assim! — exclamou meu pai bravo.

— Não existe garota de sorte, pai. Dinheiro não é tudo. Se existissem garotas de sorte em Roma ou em qualquer outro lugar, muitas mulheres já estariam trabalhando, estudando mais e tendo liberdade de ficar com quem quiser e de fazer o que bem entender da vida. — afirmei. Meu pai achava ridículo quando eu dizia aquelas coisas, mas eu sabia que estava certa. As garotas necessitavam de espaço em Roma e precisavam ser tratadas com o mesmo respeito e ter os mesmos direitos civis dos homens. Afinal, mulheres também são seres humanos e são tão talentosas e inteligentes como os homens. Aliás, existem algumas mulheres até melhores que os homens em várias coisas, porém, mesmo assim as mulheres só podiam limpar a casa, ficar observando o marido sair com muitas outras sem poder dizer nada, ficar presa na cozinha e cuidar de filhos o dia todo. Eu não queria aquilo para mim.

— Liv, você pode ir comigo assistir aos treinamentos militares dos seus irmãos quando quiser, mas participar deles? Confio em você completamente para lutar e sei que você está pronta, mas eu não posso permitir que faça isso. Sinto muito. Um dia você vai entender. — disse meu pai triste. Mais triste e muito furiosa, eu disse:

— Entender o quê? Que todos os homens são melhores que eu? Isso eu nunca vou conseguir entender, até porque é impossível entender uma mentira! — Depois que eu disse aquilo, meu pai refletiu e viu que tinha realmente um fundo de razão no que eu disse. Um fundo bem grande por sinal. Mesmo assim, ele permanecia confuso em relação àquilo e tinha medo de ficar mal para ele o fato de me colocar no treinamento militar.

— Liv, e se eu a colocar no treinamento militar e os meninos tentarem machucá-la? E se eles ficarem sacaneando você? É o que eu mais temo... — disse meu pai, com a mão no queixo. Meu pai então andou para um lado e para o outro. Suspirou, coçou a cabeça e piscou rapidamente. Eu percebi o nervoso correndo pelas veias dele. Era como se eu sentisse seu coração batendo fortemente e o visse imaginando com orgulho e com medo, ao mesmo tempo, sua linda filhinha Livia vestida como um militar romano.

— Eu sinto muito, Liv, mas você só poderá assistir aos treinamentos mesmo. Não posso fazer isso. — disse meu pai, suspirando. Delicadamente, eu disse:

— Pai, você é um homem rico e poderoso. É o César de Roma. Ninguém pode contra você. O fato de impedir a própria filha de realizar um sonho por medo do que os outros vão pensar mostra que você não é o homem que eu pensei que você fosse. — Meu pai suspirou na hora. Fiquei feliz, pois percebi que consegui atingi-lo.

— Vamos fazer o seguinte: vou pensar seriamente no seu caso e amanhã lhe dou a resposta. Eu sei que você merece e está quase pronta, mas não sei se os outros estão prontos para vê-la no treinamento militar. Muito menos se estão prontos para aceitá-la como uma militar no futuro. — afirmou meu pai, virando as costas para mim. Aborrecida, eu fui para a sala para ficar junto a Mauritius e Tullius. Infelizmente eu teria de esperar pela resposta do meu pai em relação ao meu pedido até o dia seguinte e parecia que era quase certeza que aquela resposta seria não. Alguns minutos depois, Estela chamou meu pai, meus irmãos e eu porque queria conversar conosco. Todos nós fomos até o sofá, sentamos e ficamos lá em um silêncio severo. Ninguém conversou com ninguém. Estela estranhou.

— Por que vocês estão tão quietos? Aconteceu algo? — perguntou Estela preocupada. Nenhum de nós abriu a boca, inclusive eu, que estava pensando em que argumentos ainda poderia usar para convencer o meu pai que valia realmente a pena eu entrar no treinamento militar junto com os meninos.

Antes que eu fosse para o meu quarto, meu pai me disse:

— Liv, tudo seria mais fácil se você tivesse nascido menino. Infelizmente você um dia terá de aceitar a triste realidade que as mulheres romanas têm de passar. Vai ser difícil te darem permissão para lutar com os outros meninos. Sinto muito. — Naquele momento, pensei o seguinte: "Apesar das mulheres romanas serem desprezadas, elas dominam os maridos sem eles nem perceberem. Como a Estela, por exemplo, porque eu sei que você voltou para casa calado porque ela o contestou no Senado de novo!".

— Tudo bem, pai. Entendo que é uma coisa praticamente impossível, mas pelo menos tente me ajudar em relação a isso. Se você apenas tentar, já está de bom tamanho. — disse, sorrindo. O meu pai sorriu de volta e foi com Estela até seu quarto, enquanto Mauritius, Tullius e eu atravessamos um corredor e cada um foi para seu quarto para dormir. Ao chegar ao meu, deitei na minha cama e dormi. Mas dormi angustiada e com medo da resposta do meu pai, pois nas várias vezes que eu havia pedido a ele para ir ao treinamento militar, ele havia negado. Mesmo assim, eu ainda tinha um pouco de esperança de que ele dissesse sim ao meu pedido.

VI
VOLTAS PELO MONTE PALATINO

No dia seguinte, minha família e eu tivemos nosso *jentaculum*, uma espécie de café da manhã romano, juntos e, alguns minutos depois, meu pai saiu de casa para participar de uma reunião no Senado. Eu fiquei em casa junto com Estela, Tullius e Mauritius.

— Por favor, massagem nas costas para mim, um apoio para os meus pés e um copo de água gelada! — exclamou Tullius. No mesmo minuto, os criados arranjaram o que Tullius pediu. Antes de se sentar, ele pegou seu livro de perspectiva para estudar para a prova que teríamos naquele dia. Mauritius também pegou outro livro de perspectiva para estudar e se sentou logo depois de Tullius.

— Eu odeio estudar. É uma chatice. Prefiro só ficar pintando os meus quadros de boa. A única matéria que eu gosto mais ou menos é ciências. — afirmou Mauritius bravo.

— Fazer o quê? Temos de ser cultos, não temos? Então precisamos estudar essas porcarias todas para isso. — comentou Tullius também bravo. Eu suspirei e pensei inconformada: "Ridículos! Eles têm a chance, o prestígio, o privilégio de estudar e de poder ser alguém importante um dia e ainda reclamam! Não dá para entender!". Eu sentei em uma cadeira, peguei um copo de água para mim e comecei a ler o livro para a prova, assim como os meus irmãos.

Quarenta minutos depois, eu já havia lido metade da matéria de perspectiva quando a campainha tocou. Um dos criados abriu a porta. Era Hadriana vindo me visitar novamente.

— Oi, Liv! Vamos dar uma volta pelo Monte Palatino hoje? Fiquei com uma vontade de fazer isso... — disse Hadriana, indo em minha direção.

— Pode ser, Hadri. Com certeza vai ser bem legal! — disse, sorrindo para Hadriana. No mesmo momento, um dos criados abriu a porta, nós duas saímos e ficamos dando voltas pelo Monte Palatino enquanto conversávamos.

— Quem sabe depois podemos brincar de luta? Ia ser divertido. — disse Hadriana, sorrindo.

— É verdade! Podíamos fazer isso depois! — disse, sorrindo de volta. Naquele dia, eu estava com uma toga dourada e Hadriana estava com uma roxa escura. Nós duas estávamos com calor, pois as nossas togas tinham muitas camadas de pano, mas pelo menos não eram de manga comprida nem passavam muito do joelho.

— Então, como foi a conversa com o seu pai ontem à noite? Falou com ele sobre o treinamento militar e tudo mais? — perguntou Hadriana.

— Nem me lembre disso, Hadri... Eu tentei, tentei e tentei convencê-lo a me colocar no treinamento militar de todos os jeitos que puder imaginar e nada aconteceu. Vou falar com ele novamente hoje porque ele ficou de me dar uma resposta definitiva, mas é mais provável que seja não. — respondi completamente aborrecida. Hadriana ficou triste como eu, suspirou e me disse:

— Não se preocupe. O seu pai sabe que você tem talento para lutar e confia em você, ele apenas está com medo de os meninos do treinamento militar zombarem de você e machucá-la. Ou ele apenas não quer admitir que você tem mais talento do que muitos meninos por aí para lutar.

— Pode até ser que o meu pai sinta uma dessas coisas, mas isso não muda o fato de ele acabar dizendo "não" para o meu treinamento militar. Infelizmente acho que meu sonho de ser militar romano vai morrer junto comigo. — comentei ainda triste. Hadriana colocou a mão no meu ombro e disse, sorrindo:

— Liv, o seu pai nem sequer deu uma resposta definitiva e você já está se lamentando como se o mundo tivesse acabado! Você não pode ficar triste em uma situação antes mesmo de saber o que vai acontecer! Ainda há esperanças de seu pai colocá-la no treinamento militar e, com isso, você poderá realizar esse seu sonho!

— Se a chance de aprender a lutar de verdade na minha vida não fosse tão pequena, eu não estaria me lamentando. Você não vê, Hadri?

— Hadriana começou a ficar brava comigo e disse, em um tom um pouco mais alto do que antes:

— Livia, Livia... Depois que você disse essa coisa completamente absurda sobre você e o mundo, eu acho que realmente não conheço mais você. Porque a Livia que eu conheço é persistente e acredita que, enquanto ainda há a mínima chance de algo acontecer, o melhor é não desistir! — refleti sobre o que Hadriana me disse. Eu realmente estava sendo mais pessimista do que o normal. Mas tinha uma coisa que Hadriana não sabia: eu tentava há muito tempo convencer o meu pai a me colocar no treinamento militar e meus argumentos sempre eram ignorados por ele. Em relação a isso, eu já não tinha mais tantas esperanças, mas eu tinha de admitir que realmente precisava ser mais otimista.

— Mas eu não sou um garoto e a chance do meu pai dizer "sim" para meu treinamento militar é quase 0. Eu já não tenho mais muitas esperanças. Tento convencê-lo disso há anos. — comentei triste. Hadriana suspirou, pensou um pouco e falou:

— Liv, a chance de você entrar no treinamento militar pode ser quase 0, mas o importante é que ela ainda não é 0! Você precisa se acalmar e ter esperanças, afinal, o seu pai confia tanto na sua capacidade que eu não acho que ele negaria seu treinamento militar tão fácil. — eu pensei um pouco no que Hadriana me disse na hora e percebi que suas palavras realmente tinham um fundo de razão. Eu estava sendo negativa demais e precisava pensar mais positivo, me reerguer e lembrar-me de todos os elogios que meu pai já havia me feito e o quanto ele confiava em mim. Eu precisava me lembrar de todos os inúmeros fatores que favoreciam a minha entrada no treinamento militar e não só dos que prejudicavam.

— Pensando bem, você está certa, Hadri. Completamente certa. Eu vou esperar ansiosamente pela resposta do meu pai sem pessimismo. Afinal, meu pai acredita em mim e eu também. Meu pai ressalta minhas qualidades sempre que ele pode. Existe ainda uma chance de ele me colocar no treinamento militar de uma vez por todas! — disse um pouco mais feliz e esperançosa do que estava antes. Hadriana então deu um leve tapa nas minhas costas e riu, dizendo:

— Essa sim é a minha Liv! Vamos hoje rezar para os deuses para que eles iluminem a mente de seu pai e o façam realizar o seu sonho!

— E alguns dias depois, você e o povo vão me ver com uma linda e dourada armadura, uma brilhante espada, um indestrutível escudo e um capacete com um belo penacho vermelho! Viva a Livia, o nosso legendário e indestrutível soldado! — exclamei, imaginando-me gloriosa ao chegar ao treinamento militar e ganhar as lutas como sempre sonhei.

— Viva! Tenho dó dos meninos que lutarão com você um dia. — disse Hadriana rindo. Eu ri também e disse orgulhosa de mim mesma:

— Se eu realmente entrar para o treinamento militar, vou lutar com a maior vontade, paciência, força e dedicação que puder. Farei qualquer coisa para ser um soldado cada vez melhor. Farei qualquer coisa por Roma.

— Se eu fosse seu general, Liv, já a promoveria só pelo que falou agora. — comentou Hadriana, rindo. Eu também ri, e Hadriana me abraçou com muito orgulho.

— Aliás, não se preocupe. Afinal, mesmo que seu pai não a coloque no treinamento militar, sempre estarei aqui para lutar com você quando quiser e pode ter certeza que eu sempre acreditarei que você um dia será um dos melhores soldados que Roma já teve. — disse Hadriana. Eu suspirei e disse a ela:

— Obrigada, Hadri. É muito bom saber disso. Mas há algo que sempre digo ao Tul: às vezes vale mais que você mesmo tenha certeza da sua capacidade do que os outros terem. Não que a sua confiança ou a do meu pai não importe, só digo isso porque eu acredito que autoconfiança é uma das coisas mais importantes que alguém pode possuir.

— Não só autoconfiança como também modéstia. — comentou Hadriana, rindo. Eu também ri. Alguns minutos depois, Hadriana e eu terminamos nossa última volta do dia aos arredores do Monte Palatino, entramos na minha casa e pegamos os meus livros para estudar algumas coisas juntas, como costumávamos fazer às vezes.

VII
🏛 A RESPOSTA 🏛

Uma hora depois, Hadriana se despediu de mim e foi embora. Em seguida, Mauritius e Tullius foram levados ao treinamento militar. Naquele momento, só eu estava em casa, então resolvi ficar lutando sozinha, com a espada de Tullius. Fiquei girando, golpeando e chutando sozinha no meu quarto feito uma boba; eu pensava que jamais seria um militar de verdade. Mas mesmo assim, eu continuava lutando o máximo possível para conseguir a permissão de meu pai para ir ao treinamento militar. E, às vezes, eu também pensava o seguinte: se eu realmente conseguisse o treinamento militar, como os meninos reagiriam ao me ver lá? Eles me zoariam? Eles me torturariam? Eu não fazia ideia e temia que a resposta da minha pergunta fosse muito ruim. Para me distrair, peguei um livro sobre estratégia militar e comecei a lê-lo e aprender alguns truques de guerra a mais.

Horas, horas e horas depois, meus irmãos já haviam chegado há tempo e estavam em seus quartos: Tullius estava esculpindo em seu quarto secreto e Mauritius estava dormindo, pois estava cansado, e eu estava folheando um livro de ciências. Um pouco depois, meu pai e Estela finalmente chegaram e fui espiá-los pela janela. Meu pai estava discutindo com Estela.

— Estela, quantas vezes tenho que te pedir para parar de interferir daquele jeito nos meus assuntos com o Senado? Eles são mais problema meu do que seu! — disse meu pai bravo. Estela riu e disse:

— É mesmo? Então me diga agora como você vai fazer para resolver os problemas que a corrupção anda causando e acalmar o povo, que está revoltado novamente?

— Eu não sei, mas...

— Mas nada! Flavius, o povo está com fome e sem emprego! O Senado está roubando como nunca! Se você não consegue achar alternativas para isso, alguém tem de achar! — afirmou Estela brava. Em alguns segundos, os dois entraram em casa e pararam de discutir. Não gostavam de fazer isso na nossa frente porque achavam que não tínhamos que saber e nem se estressar com assuntos de adultos.

— Olá, Liv! — cumprimentou Estela.

— Olá, Liv! — cumprimentou meu pai. No mesmo momento, larguei meu livro, levantei de onde eu estava sentada e fui rapidamente até Estela e meu pai.

— Oi, pai! Oi, Estela! — cumprimentei, sorrindo. Estela olhou em volta, olhou para cima, cruzou os braços e depois descruzou. Ela também fez um olhar confuso, depois deu alguns passos para frente. Percebi que ela estava preocupada com alguma coisa.

— Está tudo bem, Estela? — perguntei.

— Sim, Liv. Só queria saber onde estão seus irmãos, porque seu pai e eu já chegamos e nada de eles aparecerem. — respondeu Estela, achando estranho não ver Tullius e Mauritius na sala. Na hora, fiquei um pouco tensa porque eu sabia que se meu pai visse Tullius esculpindo, era capaz de ele jogá-lo para os leões no Coliseu.

— Acho que estão no banheiro ou estudando. Vou chamá-los, só um minuto. — disse, sorrindo falsamente.

— Eu vou com você. — disse Estela. Congelei na hora. Sabia também que se Estela visse Mauritius dormindo ou Tullius esculpindo, ela ficaria brava.

— Não precisa, Estela. Aliás, deixa comigo, sei lidar com os meus irmãos quando eles estão distraídos. — disse, rindo. Estela concordou e não me seguiu até o quarto onde Tullius estava esculpindo e Mauritius estava deitado dormindo feito uma pedra no chão.

— Tul! Mauri! Saiam já daí antes que alguma coisa aconteça porque o pai e a Estela estão aqui! — avisei desesperada. Tullius largou seus instrumentos na hora, cutucou Mauritius para acordá-lo e disse:

— Mauri, acorde! Os nossos pais chegaram! — Mauritius acordou na hora, de tanta preocupação e desespero. Tullius trancou a porta do seu quarto secreto e foi comigo e com Mauritius até a sala.

— Obrigado pelo aviso, Liv. Sem você, estaríamos perdidos. — sussurrou Tullius aliviado pelo aviso da chegada de nossos pais.

— Sem problemas, Tul. Estou aqui para isso. — disse, rindo. Chegando na sala, meus pais cumprimentaram Mauritius e Tullius.

— Oi, meninos! Onde vocês estavam? — perguntou meu pai.

— Tul e eu estávamos estudando filosofia agora. Nos distraímos com o livro e acabamos esquecendo-nos de vocês. Desculpe, pai. — mentiu Mauritius. "Para mentir, ele é esperto; agora para lutar e estudar, ele não é nem um pouco.", pensei.

— Está tudo bem, Mauri. Sei que livros podem acabar nos distraindo muito às vezes. — disse meu pai. Mauritius e Tullius sorriram para o meu pai e ele sorriu de volta.

— Vamos dormir, gente. — disse Estela. Meu pai, meus irmãos e eu fomos atrás dela. Rindo, meu pai sussurrou para mim:

— Sei muito bem que Mauritius mentiu sobre ter lido um livro de filosofia com Tullius. Os dois odeiam estudar e só abrem os livros para estudar nas vésperas dos testes. É você quem gosta de estudar e ler, Liv. Tenho certeza que eles não me disseram a verdade. — fiquei com um pouco de medo na hora, mas respirei fundo e disse:

— Olha, pai, eu sei que eles realmente detestam estudar, mas dessa vez eles não estavam mentindo. Quando fui chamar os meus irmãos, cada um deles estava com um livro de filosofia na mão e estavam hipnotizados como nunca. Acho que dessa vez, eles realmente gostaram de ler um livro e se distraíram.

— Bom, se você realmente viu os dois lendo filosofia hipnotizados, então eu acredito. Porque em você eu confio, eu não confio é neles dois. — disse meu pai. Engoli em seco na hora porque meu pai havia acabado de me elogiar e dizer que eu merecia a confiança dele quando na verdade eu menti descaradamente, mas também eu não podia prejudicar os meus irmãos e dizer a verdade sobre o que eles estavam fazendo, afinal, isso seria muita sacanagem da minha parte.

Um tempo depois, todos nós fomos para os quartos dormir. Fiquei triste e imaginei que meu pai havia esquecido o assunto do treinamento militar, mas quando resolvi fechar os olhos para tentar dormir, meu pai apareceu, me cutucou e disse:

— Liv! Acorde! — virei-me para ele e perguntei:

— O que houve, pai? — meu pai fez um sinal para eu vir com ele até a sala, onde já não tinha mais nenhum empregado, e disse:

— Eu não queria falar isso na frente da Estela porque com certeza ela brigaria comigo, mas eu finalmente me decidi sobre o seu treinamento militar.

— Sério?! O que você decidiu? — perguntei ansiosa.

— Vou deixar você fazer o treinamento. Como você não poderá ser César, ao menos um excelente soldado você terá a chance de se tornar agora. — respondeu meu pai feliz. Eu achei que teria um infarto na hora de tão feliz que fiquei e mal poderia esperar pela minha estreia no treinamento militar no dia seguinte. Como eu não podia gritar de felicidade para não acordar Estela e meus irmãos, apenas pulei, ri e abracei meu pai com força.

— Obrigada, pai! Esse foi o melhor presente que você poderia me dar! — disse ainda muito feliz. Meu pai sorriu e disse:

— De nada. Eu não sossegaria até conseguir colocá-la naquele treinamento militar porque uma das únicas coisas que realmente me faz feliz é a sua felicidade.

— Obrigada, pai! Obrigada mesmo! — agradeci, abraçando-o de novo.

— Mas, Liv, se algum dos meninos começar a mexer com você lá no treinamento ou fazer-lhe algum mal, me avise! — pediu meu pai.

— Pode deixar. Não se preocupe. — disse, sorrindo.

— Agora trate de voltar para a cama, assim você não fica cansada para sua aula com o professor e para o seu treinamento militar amanhã. — afirmou meu pai. Fui então dormir e meu pai também. Agora eu mal podia esperar pelo dia seguinte, sem dúvida, aquele foi um dos dias que mais fiquei feliz na minha vida.

VIII
APANHANDO UM POUCO

No dia seguinte, já havia passado algum tempo da hora do *prandium*, e eu estava cansada de esperar para ir ao treinamento militar, pois estava extremamente ansiosa para fazê-lo. Na verdade, já estava quase na hora de eu ir ao treinamento militar, mas eu queria que essa hora chegasse o mais cedo possível. Enquanto eu estava sentada esperando o horário do treinamento finalmente chegar, Tullius foi até mim e disse feliz:

— Liv! Liv! Eu acabei aquela escultura que eu estava fazendo de você com roupa de César e eu com uma roupa de escultor! Quer ver?

— Claro que sim. Me mostre. — respondi, sorrindo. Tullius me puxou pela mão até a porta de seu quarto secreto. Quando chegamos lá, Tullius abriu a porta e observei bem o interior do quarto. Não tinha praticamente mais nada além de esculturas de mármore e instrumentos de construção. Algumas esculturas estavam prontas, outras pela metade, e havia também algumas pedras de mármore que não tinham sido esculpidas ainda. Vi também que Tullius tinha feito algumas esculturas pequenas, algumas médias e apenas duas grandes. Tullius foi até uma escultura que estava em um canto do quarto, puxou-a para perto de mim e perguntou:

— Então... O que você achou? — Olhei bem para a escultura e percebi que realmente Tullius havia nos esculpido muito bem. Parecia uma cópia quase perfeita minha e dele, só que com roupas diferentes do que costumamos usar. A escultura devia ter um metro e meio de altura e eu gostei bastante dela, achei uma das mais bonitas e caprichadas que Tullius havia feito.

— Adorei! Você praticamente fez uma cópia nossa! Como você conseguiu esculpir o meu cabelo, a minha coroa de louros de César, as roupas de um jeito tão... Certinho? — disse impressionada.

— Eu sou seu irmão; sei como é a sua aparência e também sei como é a minha, então eu simplesmente as reproduzi na escultura juntamente com o resto das coisas: as roupas, os sapatos e a coroa de César que está na sua cabeça. — respondeu Tullius. Embora Tullius não fosse nada talentoso para lutar e estudar, ele tinha um grande talento para esculpir e eu admirava muito isso nele, assim como eu admirava em Mauritius o talento de pintar.

— Você está de parabéns, Tul. Você é um garoto muito talentoso, é inacreditável que consiga fazer essas esculturas tão bem e com tanta facilidade. — comentei orgulhosa de Tullius.

— Muito obrigado, Liv. É bom saber que alguém reconhece e admira o meu trabalho. — disse Tullius, sorrindo. No mesmo momento, um criado apareceu na porta do quarto e disse em um tom alto:

— Mestre Tullius! Senhorita Livia! Hora do treinamento militar de vocês! Já chamei o mestre Mauritius também. As bigas estão esperando vocês três lá fora, temos que partir agora. — Mauritius, Tullius e eu seguimos o criado até a porta de nossa casa, ele a abriu e fechou para nós, e nos levou até uma biga marrom e dourada onde cabiam meus irmãos e eu.

— Meninos, eu levarei vocês até o treinamento e ficarei lá até ele acabar. Depois que acabar, eu os levarei de volta para casa. Resumindo, faremos o mesmo esquema de sempre.

Meus irmãos e eu entramos na biga e o criado foi nos levando até o lugar onde era feito o treinamento militar. Durante o caminho, eu observava as tão grandiosas paisagens de Roma e ficava admirada. Eu nunca me cansava de olhar para aquelas paisagens. Também, naquele dia, eu estava muito emocionada, pois finalmente teria a chance de ser um soldado de verdade. Eu sabia que apanharia um pouco, mas eu também tinha certeza que, quando aprendesse a lutar direito, mandaria muito bem naquele treinamento militar.

— Já estamos chegando, Mauri? — perguntei.

— Quase, Liv. Acho que em cinco minutos já chegamos lá. — respondeu Mauritius. No final, Mauritius realmente havia acertado: chegamos ao treinamento militar em cinco minutos. Seis minutos, na verdade. Ao chegar, eu observei o centro de treinamento militar: era um lugar com um gramado verde e baixo, cheio de meninos enfileirados e treinando movimentos com suas espadas e escudos. Alguns dos meninos estavam lutando uns com os outros.

— Chegamos, mestre Mauritius, mestre Tullius e senhorita Livia. Aproveitem o treinamento. — disse o criado. Nós três descemos da biga e fomos andando em direção ao centro de treinamento militar. O criado ficou em frente ao lugar com a biga estacionada. Eu caminhei com Tullius e Mauritius até um homem que estava com a mesma roupa que a nossa: armadura pesada e dourada, capacete dourado com um penacho vermelho, escudo dourado e prata e espada. A única diferença é que ele era mais alto, mais velho e usava uma capa diferente dos outros meninos, então logo presumi que ele deveria ser o professor, o general dos meninos.

— General Accursius, trouxemos conosco uma aluna nova hoje. É nossa irmã, Livia. — disse Tullius ao homem, que levou um susto no mesmo momento que ouviu o que Tullius disse. Accursius me olhou bem, examinou-me, riu e disse:

— Tullius, você só pode estar de brincadeira comigo. Então César estava realmente falando sério sobre trazer sua filha Livia para fazer o treinamento militar? Não acredito nisso... — revoltada, mas contida, eu disse para Accursius:

— Eu entendo que você pode estar um pouco chocado com a minha presença aqui, mas sempre foi minha grande vontade fazer o treinamento militar e acho que você pode ensinar muito bem as táticas militares para que eu me torne um excelente soldado um dia, assim como os seus demais alunos. Afinal, se você treina tão bem os seus alunos meninos quanto meus irmãos me disseram, você pode me treinar também.

— Claro que posso, garota. Mas eu realmente nunca recebi uma aluna aqui no centro de treinamento militar, você é minha primeira. Seja bem-vinda, Livia. — disse general Accursius, batendo continência para mim. Eu bati de volta e disse:

— Obrigada, general Accursius.

— Pode se alinhar em uma fila junto com seus irmãos e os outros meninos. — disse general Accursius. Tullius, Mauritius e eu nos alinhamos em uma fila com mais outros meninos, como general Accursius havia pedido.

— Atenção! Hoje receberemos uma nova aluna aqui no centro de treinamento militar e ela se chama Livia. Deem as boas-vindas a ela. — disse o general Accursius. Os garotos não moveram um músculo, apenas ficaram extremamente chocados por ouvir que, pela primeira vez, apareceu uma menina no treinamento militar. De tão inconformados que ficaram, os garotos começaram a rir feito loucos.

— Uma menina está aqui? Para fazer treinamento militar? Fala sério, general! O senhor só pode estar de brincadeira conosco! — disse um garoto inconformado e rindo. Eram risos contínuos, eu não conseguia ver um garoto sequer naquela multidão que não estava rindo. Não conseguia me decidir se eu me sentia ofendida por aqueles meninos subestimarem minha capacidade na cara dura ou se eu sentia dó deles porque eles mal sabiam que levariam uma bela de uma surra minha em breve. Resolvi escolher sentir dó deles, o que era bem mais lógico, porque para mim a única pessoa que precisava ter certeza de minha capacidade era eu.

— É bom essa menina tomar cuidado, porque somos agressivos... Espere um pouco! Se ela está aqui, ela é violenta também e vai levar umas belas porradas! E sairá com umas belas cicatrizes daqui! — disse outro garoto, rindo.

— Aposto que ela não dura nem uma semana aqui! Daqui a pouco ela está de volta em casa cozinhando e costurando! — disse o amigo do outro garoto. Percebi que, no meio de todos aqueles garotos que não paravam de rir, havia um que não estava rindo. Ele estava olhando para mim fixamente como se estivesse me examinando e tentando decifrar os meus sentimentos e pensamentos. O garoto tinha cabelos castanhos quase pretos, olhos azuis, uma cova no queixo e tinha a minha idade aparentemente. Dei uma olhada nele e depois fui em direção ao garoto que havia dito que eu ia levar "umas belas porradas" e disse:

— Com licença, menino, eu queria lhe dizer uma coisa: se você realmente me subestima desse jeito só porque sou uma garota, o azar é seu, mas ao menos me respeite porque, caso você não saiba, sou filha do nosso César, Flavius IV. — O garoto entrou em choque e seu amigo também. No mesmo momento, o garoto foi dizendo para os outros quem eu era e que eles haviam errado feio comigo. Fiquei feliz pelo fato dos garotos pararem de rir e se sentirem arrependidos ao descobrir que eu era a filha do César, mas ao mesmo tempo fiquei decepcionada por ter de usar o meu título de nobreza em troca do mínimo de respeito.

— Vossa alteza, perdoe o nosso comportamento inapropriado. Fomos muito idiotas com você. — disse o amigo do garoto com quem falei.

— Perdão concedido. Espero que não se repita. — disse com uma expressão séria. General Accusius exclamou:

— Agora que vocês já se resolveram com a nossa querida Livia, posições! Cabeça erguida o tempo todo! Agora marchem!

Os garotos, inclusive Tullius e Mauritius, começaram a marchar. Eu comecei a marchar junto e estava muito feliz por estar naquele treinamento militar mesmo que eu ainda não estivesse lutando. Eu sabia que aprenderia a lutar muito em breve. Eu observava os garotos marchando e como eles ficavam felizes ao fazer isso. Dava para perceber que eles conseguiam se sentir soldados de verdade naquele momento, imaginando eles mesmos em batalhas. Eu também estava me sentindo daquele jeito, mas isso obviamente não se aplicava a Tullius e Mauritius, que estavam marchando com tédio, preguiça e má vontade. Enquanto eu marchava, o garoto que não riu continuava me olhando e até agora eu não havia entendido se ele tinha achado alguma coisa de diferente na minha armadura ou se ele estava assustado e impressionado com a minha presença lá.

Depois dos meninos e eu marcharmos pela área de treinamento, general Accursius arrumou seu capacete e exclamou:

— Atenção! Sigam-me, porque agora vamos treinar arco e flecha! — Seguimos o general Accursius até um lugar cheio de catapultas, arcos e flechas e espadas jogadas e ele disse:

— Peguem um arco e uma flecha, organizem-se em oito filas de quinze garotos cada uma e, quando chegar a vez de cada um de vocês atirar a flecha, vocês mirarão para o espaço sem pessoas e objetos do centro de treinamento, atirarão a flecha e irão direto para o fim da fila! Isso será repetido por cada um de vocês três vezes! Organizem-se e comecem agora mesmo! — Rapidamente os meninos pegaram um arco e uma flecha do chão, organizaram-se em oito filas iguais e começaram a fazer o exercício. Eu fiz o mesmo que eles, fui para a sexta fila e fiquei na décima posição da fila. Durante o exercício, vi que havia garotos que atiravam a flecha de uma maneira precisa e caprichada e me impressionei, mas isso não valia para todos os garotos. O amigo do garoto que disse que eu ia levar "umas belas porradas" não era bom no arco e flecha e os dois meninos que atiraram a flecha logo depois dele nas outras filas também não eram. Alguns momentos depois, senti alguém me cutucando e virei para trás. Era o garoto que não parava de me observar desde que eu havia chegado.

— Olá, alteza. Seja bem-vinda ao nosso treinamento militar. Espero que meus colegas não a tenham magoado.

— Muito obrigada, garoto. Bom saber que tem alguém aqui que sabe pedir desculpas, mesmo que sejam desculpas que os outros deveriam pedir. Qual é o seu nome e quantos anos você tem? — perguntei.

— Meu nome é Publius Constantinus Laevinus e tenho 14 anos. Sou um dos mais novos soldados daqui. Aliás, pode me chamar de Constantinus. — respondeu ele. Sorri para Constantinus e disse:

— Eu também sou. Prazer em conhecê-lo, Constantinus. Você parece ser um ótimo soldado e um garoto muito gentil.

— Obrigado, alteza. Me senti muito lisonjeado com o seu elogio. — agradeceu Constantinus, sorrindo. Eu ri e disse:

— Que formalidade é essa, Constantinus? Pode me chamar de Livia, não precisa me chamar de alteza, afinal, sou muito mais sua nova colega do treinamento militar do que a filha do César.

— Como quiser, alt... Livia. — disse Constantinus, sorrindo.

— Já que estamos nos conhecendo, conte-me um pouco sobre você. — disse curiosa.

— Bom, eu sou filho de um artesão, moro próximo ao Circus Maximus, faço treinamento militar há cinco anos e gosto muito. Por mais que eu estude, meu sonho é ser um soldado do exército romano um dia. — contou Constantinus. "Ele é filho de um artesão? Então ele é um plebeu! Eu nunca havia conhecido um plebeu antes!", pensei surpresa.

— Que legal. Eu também quero ser um soldado um dia, por isso estou aqui. Para mim nada é impossível. — comentei.

— Admiro essa confiança em você, Livia. Desde que você entrou aqui, senti que você, mesmo sendo uma menina, tem alguma coisa de diferente das outras. Não na sua aparência, mas no seu jeito de ser e também, diferentemente dos outros meninos, eu acredito em você. — afirmou Constantinus.

— Obrigada. — agradeci feliz. No mesmo momento, o único menino que estava na minha frente atirou a flecha e foi para o fim da fila. Minha vez havia chegado.

— Sua vez, Livia. Você sabe fazer isso? — disse o general Accursius.

— Acho que sim. — respondi. Então peguei meu arco, coloquei minha flecha em seu elástico, mirei-a para cima na área vazia do treino, mordi meu lábio, o que era um hábito quando fazia algo relacionado a tiro ao alvo, e a atirei. Constantinus observou a direção para onde minha flecha seguiu e eu também. Minha flecha quase foi no lugar certinho onde general Accursius havia pedido para eu acertar.

— Ótimo tiro para uma iniciante, Livia. É só melhorar um pouco mais e você pode até se tornar uma arqueira. — disse general Accursius impressionado.

— Obrigada, general. — agradeci, sorrindo e indo até o final da fila. Depois de também atirar sua flecha, Constantinus foi para o final da fila e general Accursius disse a ele:

— Foi um bom tiro, Constantinus. Você só precisa melhorar um pouco a direção onde mira sua flecha.

— Sim, senhor general. — disse Constantinus. Ao chegar ao final da fila depois de poucos segundos, Constantinus ficou logo atrás de mim e disse:

— Você atirou muito bem a sua flecha. Onde você aprendeu isso? Alguém te ensinou antes de entrar no treinamento militar?

— Na verdade não, Constantinus. Eu sei mexer com arco e flecha porque já assisti ao treinamento dos meus irmãos algumas vezes, eu os vi junto com os outros meninos atirando e acabei decorando como faz para atirar uma flecha. — respondi.

— Entendi. Eu apenas aprendi usar arco e flecha por conta do treinamento militar, senão eu não teria aprendido. — disse Constantinus feliz por frequentar o treinamento militar.

— Nem você nem os outros meninos. A maioria das técnicas usadas em guerra vocês aprendem aqui, não aprendem? — perguntei.

— Sim, aprendemos. Na verdade, o treinamento militar é apenas a parte prática das técnicas de guerra, a parte teórica está nos livros de estratégia militar. — respondeu Constantinus.

— Eu sei disso. Como sou da elite romana, eu posso estudar e aprender filosofia, estratégia militar, ciências e matemática, tanto que estudar é uma das coisas que mais gosto de fazer na minha vida. Para mim, o estudo é essencial porque nos traz cultura e conhecimento. — disse feliz ao me lembrar das minhas deliciosas tardes de estudo em casa sozinha ou com Hadriana.

— Que demais, Livia! Nunca conheci alguém que admirasse o estudo tanto assim. Nem mesmo um garoto. — comentou Constantinus impressionado.

— Nunca conheceu alguém assim? Agora você conhece. — disse, rindo. Constantinus riu também.

— Aposto que além de uma ótima aluna para o seu professor, você será uma ótima militar. Consigo perceber que você vai mandar ver aqui e vai acabar surpreendendo todos nós. — comentou Constantinus.

— Obrigada, Constantinus. Fico feliz que você confia em mim. Vamos torcer para que você esteja certo. — disse um pouco preocupada. Mesmo com Constantinus acreditando em minha capacidade e eu acreditando em mim, sentia medo de perder muitas lutas e acabar me dando mal no treinamento militar.

Minutos depois, finalmente todos os alunos terminaram de atirar suas flechas, general Accursius percebeu isso e exclamou:

— Atenção, futuros soldados! Hora de treinarmos luta com espada e escudo! Lutem com alguém do treinamento que vocês não conhecem bem ainda e, depois que alguém vencer ou perder, troquem de par. Entendido? Vão agora! — Como o general Accursius havia dito para lutarmos com alguém que não conhecíamos, Constantinus e eu nos separamos, Tullius e Mauritius também e achamos outro par para lutar. O garoto que foi meu par era mais alto e mais forte, assustei-me um pouco.

— Vamos lá, vossa alteza? Eu a respeito, mas agora é luta, sinto muito. — disse o garoto. Posicionei-me com o meu escudo e o ele começou a me atacar com sua espada. Defendi-me com minha espada, bloqueando a do garoto. O garoto então deu uma escudada forte em mim e eu quase caí no chão. Dei duas escudadas nele e o mesmo aconteceu com ele. Logo depois, ele pegou mais pesado comigo, conseguiu derrubar meu escudo e venceu a luta, apontando sua espada para mim.

— Muito bem, Antonius! Melhore suas táticas, Livia! Próximo! — exclamou general Accursius. Outro garoto veio, não disse uma palavra sequer para mim e já começou a atacar. Me defendi o máximo que pude, tentei derrubá-lo com meus golpes, mas não deu certo por pouco. O menino então me derrubou no chão com um forte chute e venceu a luta.

— Ótimo, soldado! Próximo! — Outro garoto apareceu para lutar comigo. Ele era um pouco maior que eu e aparentemente estava com bastante energia.

— Vamos lá, novata. — disse o garoto se posicionando.

— Vamos lá. — disse também me posicionando. O garoto avançou e tentou dar uma escudada em mim, mas não conseguiu. Agora que eu já havia perdido duas lutas, já sabia o que fazer para não perder mais uma. Eu já havia pegado um pouco o jeito de lutar.

— Não vou perder de novo! — disse, em tom baixo, e avancei no garoto com a minha espada e me defendendo com o meu escudo ao mesmo tempo. O garoto se defendeu bloqueando minha espada com a dele. Avancei novamente, dei uma escudada forte nele e o garoto perdeu sua espada. Em seguida, dei um chute forte nele, e depois outro, acompanhado de uma escudada em que ele, finalmente, perdeu seu escudo. Eu tinha acabado de ganhar minha primeira luta.

— Parabéns, Livia! Melhore suas táticas, Quinctius! Próximo! — exclamou o general Accursius. O outro garoto que veio lutar comigo estava um pouco assustado porque viu que venci o garoto anterior, mas, mesmo assim, posicionou-se, respirou fundo e tentou tirar o meu escudo com uma escudada, mas não deu certo, eu o chutei e virei, fazendo um golpe com minha espada que aprendi em um livro e o garoto foi empurrado para trás. Mesmo assim, ele não desistiu, tentou me acertar com sua espada três vezes, mas me defendi com a minha e avancei em direção a ele novamente, quase derrubando sua espada. Depois o garoto tentou me chutar, desviei, aproveitei que o garoto estava com o escudo fora da barriga, dei uma escudada em sua barriga, o garoto caiu e perdeu a luta.

— Excelente, Livia! Próximo! — exclamou o general Accursius. Outro garoto veio e não estava com medo de lutar comigo como o anterior. Ele então avançou em mim com o escudo, mas eu o bloqueei e dei um golpe nele com minha espada. Em seguida, ele tentou me dar uma escudada, mas não conseguiu. Chutei o garoto e ele quase caiu, mas deu um golpe em mim com sua espada, eu retribuí com outro golpe e, depois, com uma bela escudada, fazendo-o perder o escudo e a espada e cair.

— Muito bem, Livia! Próximo! — exclamou o general Accursius.

Aquele treinamento militar teve um longo período de exercícios de luta e, depois de ter perdido duas, não perdi novamente naquele dia. Os garotos ficaram impressionados comigo e me elogiaram depois que o treino acabou. Destaquei-me muito. O general Accursius percebeu minha grande habilidade para lutas e também minha boa mira no arco e flecha. Embora eu tenha apanhado um pouco, fiquei muito feliz de ter conseguido pegar a manha de lutar como queria, desenvolver minhas habilidades como soldado e, ainda, melhorar minha resistência física, pois o general Accursius nos fez correr em volta do centro de treinamento militar inúmeras vezes e, em determinado momento, nem me cansava mais.

IX
🏛 ALGUMAS NOVIDADES 🏛

No mesmo dia, Tullius, Mauritius e eu estávamos em casa e nossa aula com o professor Rubellius havia terminado. Nós estávamos conversando para a hora passar, afinal, nosso pai chegaria em poucos minutos com Estela. Tullius estava feliz, pois estava se lembrando de minhas vitórias no treinamento militar contra os outros meninos e estava muito orgulhoso de mim por isso.

— Eu sabia! Eu sabia que você arrasaria no treinamento militar! O jeito que você derrotou os meninos foi tão legal que parecia até que você sabia lutar há quinhentos anos! — disse Tullius impressionado.

— É verdade, Liv! Tul e eu não fomos os únicos a perceber que você tem uma enorme habilidade na luta e que mandou muito bem nos outros exercícios, todos os meninos perceberam e te elogiaram muito! — disse Mauritius também impressionado.

— Obrigada, meninos. Fico feliz que vocês reconhecem minha habilidade. — agradeci muito feliz. Eu estava muito orgulhosa de mim mesma porque, além de ter mandado melhor do que eu imaginava no treinamento militar, eu também havia provado para o general Accursius e para todos aqueles meninos que uma menina era totalmente capaz de ser tão habilidosa quanto um menino em militarismo.

— Você é praticamente intocável, Liv, depois das suas duas primeiras derrotas, nenhum dos meninos a derrotou mais nas lutas. Não sei como você conseguiu isso... — comentou Tullius inconformado. Eu ri e disse:

— Se você não sabe, imagine eu! Não faço a mínima ideia de como consegui vencer as lutas, acho que eu as venci porque aprendi alguns golpes novos depois de ser derrotada e também fiquei mais esperta para me defender.

— Deve ter sido isso mesmo porque não consigo achar outra explicação para você ter se tornado a garota mais invencível de todas. — comentou Mauritius, rindo.

— Obrigada, Mauri. E também espero que eu continue sendo para sempre essa garota que você falou. Eu apenas continuarei sendo essa garota enquanto posso. — disse um pouco preocupada. Tullius riu e disse:

— O que é isso, Liv? É óbvio que você vai continuar assim! Afinal, uma vez boa militar, boa militar para toda a vida. Conheço você e sei que vai sempre ser uma grande vencedora. Você é perfeitamente capaz disso.

Alguns minutos depois, meu pai e Estela chegaram em sua biga. Um criado ajudou-os a descer, conduziu-os até a porta de casa, abriu-a e eles entraram.

— Oi, meninos! Oi, Liv! — cumprimentou meu pai.

— Olá, pessoal! — cumprimentou Estela feliz em nos ver.

— Oi, Estela! Oi, pai! — respondemos também felizes. Mesmo que Estela não fosse minha mãe verdadeira, eu a considerava quase uma mãe porque ela me conhecia desde que eu era pequena, enquanto minha mãe verdadeira morreu quando eu tinha 4 anos, então eu mal a conheci.

— Já volto, vou deixar meu lenço no meu quarto e depois vou até o banheiro. — disse Estela. Meu pai aproveitou que Estela virou as costas por um momento, aproximou-se de mim e de meus irmãos e perguntou:

— E então, Liv? Como foi o primeiro dia no treinamento militar? Gostou? Mandou bem?

— Pai, você não vai acreditar! A Liv levou umas belas porradas no começo do treinamento, mas depois ela começou a ganhar as lutas e não perdeu mais nenhuma! — disse Mauritius impressionado ao se lembrar.

— É verdade, pai! Depois de perder algumas poucas lutas, a Liv não perdeu mais nenhuma! E também foi muito bem nos demais exercícios! — disse Tullius orgulhoso ao se lembrar. Eu estava muito feliz, gostava de ser elogiada e dava para perceber que os elogios que meus irmãos estavam fazendo para mim eram sinceros. Feliz com o que ouviu de meus irmãos, meu pai disse orgulhoso:

— Pelo que seus irmãos estão falando, você realmente foi muito bem. Meus parabéns, Liv!

— Obrigada, pai. — agradeci, sorrindo.

— Você conheceu alguém legal no treinamento? — perguntou meu pai.

— Na verdade sim. Conheci um garoto chamado Constantinus, ele me disse que sonha em ser um grande militar romano e que é filho de um artesão. — respondi. Meu pai franziu a testa e começou a pensar ou se lembrar de algo. Eu estranhei.

— O que houve, pai? — perguntei preocupada.

— Nada, Liv. Apenas achei estranho você fazer amizade com um plebeu. Geralmente, relações entre patrícios e plebeus não dão muito certo. — respondeu meu pai rindo.

— Parece que dessa vez deu certo porque Constantinus e eu nos damos muito bem. — disse também rindo. No mesmo instante, Estela apareceu e disse:

— Vamos dormir, pessoal!

Naquela noite, antes de cair no sono, fiquei pensando em Constantinus. Fiquei tentando imaginar se ele realmente poderia ser um bom amigo para mim ou se ele apenas havia conversado comigo porque eu era a filha do César. Constantinus não me parecia falso, aliás, me parecia bem honesto e gentil, então imaginei que ele poderia sim ser um bom amigo e companheiro, mas provavelmente não tanto quanto Hadriana. Na verdade, me senti aliviada ao conversar com ele no treinamento militar, porque pensei que ficaria sozinha no meio daquele monte de meninos. Constantinus havia sido legal comigo e eu estava muito ansiosa para vê-lo novamente no dia seguinte.

X
🏛 UM NOVO GRANDE COMPANHEIRO 🏛

No dia seguinte, havia dado a hora do meu treinamento militar e eu já estava na biga com Mauritius e Tullius a caminho de lá.

Ao chegar ao treinamento militar, cumprimentei o general Accursius e entrei em uma fila com os demais meninos. General Accursius coçou seu pescoço, pigarreou e disse:

— Atenção! Agora treinaremos a marcha! Desafio vocês a marchar até aquele lugar sem se dispersar e sem trombar um com o outro! Comecem agora! — Todos começaram a marchar, inclusive eu. Por conta do movimento que tínhamos de fazer ao marchar, nossas armaduras balançavam um pouco, causando um barulho engraçado de latas batendo. Durante a marcha, Constantinus olhou para o lado e me viu, então saiu de sua posição e veio ficar mais próximo de mim.

— Olá, Livia. Tudo bem? Gostou do treinamento de ontem? — perguntou.

— Sim, gostei bastante. Cansei-me muito também. — respondi, rindo. Constantinus riu também e disse:

— Não se preocupe. Os treinamentos costumam cansar mesmo e isso acontece principalmente porque o general Accursius gosta de pegar pesado conosco...

— Entendi. — respondi, rindo. Continuamos marchando. Notei que dois meninos estavam me olhando com medo. Parecia que eu era a maior assassina da história de tanto medo que eles pareciam sentir enquanto me olhavam. Eu não aguentava mais os dois me encarando, então lancei um olhar ameaçador para eles e eles pararam de me observar na hora. Os outros meninos estavam concentrados demais em sua marcha, então nem se importavam comigo. Constantinus estava do meu lado, mas não estava me olhando também.

Depois que os meninos e eu marchamos até a colina, o general Accursius fez um barulho com seu escudo e exclamou:

— Atenção! Agora vamos treinar arremesso de disco para testar a força de vocês. Vão até os discos empilhados ali, façam oito filas de quinze e comecem a lançá-los! — Fizemos o que o general Accursius pediu e com medo de passar vergonha logo no começo, fui para o final da fila. Constantinus me acompanhou até lá.

— Constantinus, esses discos são muito pesados? Estou com medo de fazer besteira e acabar derrubando um disco no meu pé quando eu for lançá-lo. — disse preocupada. Constantinus riu e disse:

— Não se preocupe. Esses discos são praticamente pedras arredondadas, ou seja, não pesam quase nada. Quando eu pego um disco na mão, não tenho dificuldades para lançá-lo.

— Bom, é que você está no treinamento há mais tempo e é mais forte que eu, então não tenho certeza se o mesmo que vale para você no lançamento de discos vai valer para mim. — disse, rindo.

— Que pessimismo é esse, Liv? Não sofra por antecipação, aliás, você nem sequer pegou o disco na mão ainda para dar sua opinião sobre ele e perceber se terá dificuldades de lançá-lo ou não! — afirmou Constantinus inconformado.

— Você está certo. Melhor eu não ficar pensando nisso agora. É que eu tenho medo de pegar o disco, ele ser muito pesado para mim e eu passar vergonha por não conseguir lançá-lo... Mas quer saber? Dane-se! Afinal, não preciso provar nada para nenhum desses meninos mesmo. — disse.

— É isso mesmo. Ah, me lembrei de uma coisa! Eu a chamei de Liv e nem sou próximo de você, me desculpe. Não farei mais isso. — disse Constantinus arrependido. Eu ri e disse a ele:

— Fala sério! Você está mesmo pedindo desculpas por causa disso? É claro que você pode me chamar de Liv, Constantinus, você é meu amigo!

— Mas nem nos conhecemos direito... — disse Constantinus.

— E daí? Desde quando isso é motivo para não ser amigo de alguém? Para mim, amigo é alguém que é gentil e conversa com você sempre que pode e nós fazemos isso um com o outro! E já que você acha que não nos conhecemos direito, vamos nos conhecer melhor então. — afirmei, sorrindo.

— Entendi. Também já a considero minha amiga e acho uma boa ideia nos conhecermos melhor. — disse Constantinus feliz.

— Então me conte mais sobre você que lhe conto mais sobre mim depois. — pedi ansiosa para descobrir coisas sobre Constantinus. Dei um passo para o lado para ver se já estava chegando a minha vez de lançar o disco e vi que faltavam mais seis pessoas apenas. Fiquei nervosa, pois eu queria que a minha vez não chegasse nunca.

— Então, eu moro em uma casa branca perto do Circus Maximus com o meu pai, Fabricius; minha mãe, Prudentia; meus irmãos, Elpidius e Octavius; e minha irmã, Silviana. — contou Constantinus.

— O que sua irmã faz? — perguntei. Constantinus riu e disse:

— Nossa, ninguém tinha perguntado o que minha irmã faz antes... Então, ela estuda durante a tarde com o professor particular dela e minha mãe a ensina a cozinhar e costurar depois da aula dela. — Depois que Constantinus disse aquilo, pensei decepcionada: "Ainda não lhe perguntaram nada sobre a sua irmã, Constantinus, porque as pessoas não se importam com as habilidades e interesses dela pelo simples fato de ela ser uma garota".

— Entendi. Em qual matéria sua irmã mais se destaca em sua opinião? — perguntei curiosa. Constantinus estranhou minha pergunta e respondeu:

— Bom, ela manda muito bem em matemática. Faz contas como ninguém. Mas ela não vai usar muito isso na vida dela, infelizmente, pois ela nunca vai exercer uma profissão.

— Entendi... — respondi um pouco brava com a observação sobre profissão que Constantinus fez. Depois eu percebi que o fato de Constantinus ter aquela mentalidade não era culpa dele, mas sim da sociedade que insistia em querer prender as mulheres romanas em uma grande jaula chamada casa. No mesmo momento, a última pessoa que estava na minha frente lançou seu disco e foi para o final da fila. Minha vez havia chegado.

— Tome cuidado, Livia. Esse disco pode ser pesado para você. — disse general Accursius, dando-me um dos discos de pedra. No começo, fiquei ofendida com o que o general Accursius havia dito para mim, pois parecia que ele estava subestimando a minha capacidade de lançar aquele disco. Depois, concluí que eu estava exagerando, porque realmente não era tão forte quanto os meninos e isso era um fato, não um estereótipo, infelizmente. Mesmo assim, peguei o disco rapidamente da mão de general Accursius e me contraí um pouco, pois ele era pesado. Respirei fundo e lancei o disco para frente com toda a força que pude. O meu disco quase bateu em uma árvore, mas não desviou o seu caminho para frente. Embora meu disco não tivesse ido tão longe, ao menos ele não foi para o lado como o de outros meninos. Logo depois de mim, Constantinus lançou o disco e vi que o disco dele foi bem mais longe que o meu, assim como os discos que a maioria dos meninos lançava, mas tentei não me importar, afinal, eu tinha de aceitar que definitivamente não era muito mais forte que os meninos, pelo menos por enquanto.

— Você lançou bem o seu disco, Liv. Pelo menos o seu disco não bateu em duas árvores, como o disco do Proximus. — disse Constantinus, rindo ao se lembrar. Eu não fazia ideia do que Constantinus estava falando, mas ri também e disse:

— Obrigada, Cons. Também fiquei feliz que o meu disco não foi para outra direção. Aliás, fiquei muito feliz. — Constantinus riu novamente e nós fomos para o final da fila juntos.

XI
🏛 EXPERIÊNCIAS E SONHOS 🏛

Depois de dez minutos, o exercício de lançamento de discos finalmente acabou. Os meninos e eu saímos das filas onde estávamos e voltamos para a nossa posição inicial, ou seja, a posição que estávamos quando marchamos logo no começo do treinamento. General Accursius tirou seu capacete e disse:

— Nossa, esse capacete me dá um calor... Atenção, pessoal! Agora que vocês terminaram o exercício, vão para a esquerda do nosso campo de treinamento, formem duplas e comecem a treinar luta! Dessa vez, vocês decidem quem será o parceiro de vocês por conta própria e não precisarão ficar trocando de dupla como ontem! Entendido? Comecem!

Os meninos e eu então fomos até onde o general Accursius nos mandou. Chegando lá, eu disse a Constantinus:

— Vamos fazer dupla, Cons? Aliás, nem sei se você gosta desse apelido...

— Claro que sim! E claro que gosto desse apelido, os meus amigos e meus irmãos sempre me chamam assim! Aliás, seus amigos e irmãos também sempre a chamam de Liv, não chamam? — perguntou Constantinus.

— Sim, eles chamam. — respondi. No mesmo momento, os garotos começaram a lutar entre si.

— Parece então que já temos de começar a lutar. Vamos lá? — perguntei, preparando minha espada e meu escudo.

— Vamos. — respondeu Constantinus, também preparando sua espada e seu escudo.

— Mas podemos conversar enquanto lutamos, então continue me falando sobre você. — disse. Começamos a lutar e eu já saí vencendo, conseguindo rebater a grande maioria dos golpes de Constantinus.

— Então, além do que eu já lhe disse, não tenho mais nada. Apenas mais uma coisa: além de você, tenho mais alguns amigos, entre eles os meus vizinhos, que são amigos que gosto muito, mas de você gosto ainda mais. Você é uma garota ousada e divertida. — disse Constantinus, sorrindo.

— Obrigada. Você também é o amigo que mais gosto. Na verdade, você e a Hadri são. — disse, também sorrindo.

— Quem é Hadri? — perguntou Constantinus.

— Minha melhor amiga desde os sete anos. Hadri é o apelido dela, o nome dela é Hadriana na verdade. Conversamos quase todos os dias. Para a Hadri, conto várias experiências, opiniões e sonhos meus e ela me conta os dela também. — respondi.

— Que legal, Liv! Você poderia me contar essas coisas algum dia. Eu gostaria de saber mais sobre você mesmo, então... — disse Constantinus, rindo.

— Pode deixar. Depois das lutas eu conto para você alguma coisa. Agora não vou te contar nada para deixá-lo curioso e criar um suspense. — disse, rindo.

— Que sacanagem! Ficar fazendo mistério para mim? Que feio! — disse Constantinus, rindo muito. Também ri muito e disse:

— Pois é, Cons. Sou uma pessoa misteriosa mesmo. — Depois dessa conversa, Constantinus e eu continuamos lutando até o final do exercício. Constantinus apenas me venceu duas vezes das dezessete que lutamos, em todas as outras eu o venci.

Depois de alguns minutos, general Accursius exclamou:

— Atenção, soldados! Chega de lutas! Agora vem a parte mais pesada do treinamento! Vocês vão correr em volta de todo o centro de treinamento por vinte minutos. Comecem agora! — Os meninos e eu nos preparamos e começamos a correr. A maioria dos meninos detestava correr, mas eu gostava bastante. Eu me sentia livre e feliz correndo, era uma sensação muito boa. Como eu já não me cansava tanto na corrida, comecei a conversar com Constantinus ao longo da corrida.

— Então, você quer saber sobre experiências, sonhos e opiniões minhas... Pode deixar que lhe conto algumas dessas coisas. — disse, sorrindo.

— Você tem alguma experiência, opinião ou sonho seu que queira me contar, Liv? — perguntou Constantinus.

— Posso contar para você uma experiência que tive com o meu irmão, Tullius. Aliás, tive essa experiência recentemente. — respondi.

— Conte-me sobre essa sua experiência então. — pediu Constantinus.

— Foi no começo do ano e dentro da minha casa. Naquele dia, eu estava conversando com a Hadri sobre um livro que eu havia lido e Tullius estava em seu quarto esculpindo ele mesmo. Aliás, esculpir é o que meu irmão mais gosta de fazer até hoje. — disse.

— O seu irmão Tullius gosta de esculpir? Que interessante! Geralmente filhos de políticos e de Césares não ligam para arte. — comentou Constantinus surpreso.

— Pois é, mas o Tullius é uma exceção. Bom, continuando: no mesmo momento, o meu pai apareceu em casa para pegar uma coisa que ele havia esquecido. O Tullius não havia notado a presença dele, muito menos eu e a Hadri. Meu pai foi em direção ao quarto de Tullius porque fora lá onde ele esquecera a coisa e viu Tullius esculpindo e, no momento em que ele viu aquilo, as únicas coisas que consegui ouvir foram tapas e gritos. — contei horrorizada ao me lembrar. Constantinus também ficou horrorizado e perguntou:

— Por que o seu pai bateu no seu irmão? Não entendi.

— Muito menos eu, Cons, mas eu tenho quase certeza que foi porque ele viu o Tullius esculpindo e meu pai valoriza muito mais ciências, matemática e filosofia do que arte e achou um absurdo ver o filho dele, que não liga para os estudos, esculpindo no quarto. Me lembro de ter ouvido meu pai falar assim ao Tullius: "Se eu vir mais uma vez você mexendo em pedras sendo que você tem de estudar, arrebento você por completo". — contei. Constantinus ficou surpreso com o jeito grosseiro que meu pai lidou com Tullius e tenho certeza que ele nunca havia ouvido falar de um César que não valorizava a arte. Na verdade, a maioria dos Césares valorizava muito mais a arte do que os estudos gerais, mas o meu pai era uma exceção, tanto é que só tínhamos uma escultura em nosso jardim e duas pinturas em nossa sala de estar, sendo que os outros Césares tinham muito mais que isso em suas casas.

— Depois que o seu pai brigou e bateu no seu irmão, o que ele fez? — perguntou Constantinus curioso. Quando me lembrei, fiquei pensando se

Constantinus ficaria impressionado ou não, mas mesmo assim contei a ele o que aconteceu:

— O Tullius passou a esculpir escondido em um quarto de nossa casa que nunca foi usado e onde ninguém entrava, pois deveria ser o quarto para os criados. Como o meu pai não gosta da situação de seus criados morarem ao lado de nossa família, mudou de ideia e o quarto ficou vago desde então. Como um dos professores de Tullius que havia o motivado a esculpir, meu pai mandou matar esse professor. E também quebrou todas as esculturas que Tullius havia feito.

— Nossa, que horror! Agora que o Tullius esculpe escondido no quarto abandonado, tomara que o seu pai nunca entre lá, senão é capaz do seu irmão ser o próximo a morrer. — afirmou Constantinus arrepiado só de pensar.

— Pois é. Eu já ouvi falar de Césares que mataram seus próprios filhos, então é bom o Tullius tomar cuidado, mas eu duvido que meu pai seja capaz de fazer uma coisa dessas, embora ele seja um homem meio frio. — comentei.

Minutos depois, quando todos os meninos e eu já estávamos exaustos, o general Accursius finalmente disse:

— Atenção! Podem parar de correr! Agora vocês vão até ali onde estão as nossas catapultas. Formem uma fila de doze garotos atrás de cada uma das dez catapultas e façam duplas entre si. Um dos meninos da dupla colocará a pedra na catapulta e o outro puxará a alavanca para a pedra ser lançada. Todas as duplas de todas as filas farão isso duas vezes. Organizem-se e comecem! — Embora eu não me cansasse muito na corrida, fiquei aliviada que finalmente meus colegas e eu faríamos outro exercício que não cansaria tanto.

— Vamos fazer dupla? — perguntou Constantinus.

— Claro que sim! — respondi, rindo por ser óbvio que eu faria dupla com Constantinus. Nós dois entramos em uma das primeiras filas e ficamos quase em último. Enquanto esperávamos os meninos fazer o exercício, íamos conversando na fila.

— Liv, eu não quero ser inconveniente, mas eu gostaria de saber: qual é o seu maior sonho? — perguntou Constantinus. Quando Constantinus perguntou isso, eu ri e disse:

— Se eu fosse uma garota como as outras, eu lhe responderia o seguinte: meu sonho é casar com um homem bonito e patrício, ter muitas joias, togas e filhos, mas como não sou, não é isso que lhe direi. Na verdade, se eu contar o meu sonho para você, você não vai acreditar e vai pensar que sou doida.

— Por quê? — perguntou Constantinus, rindo também.

— Porque o meu maior sonho desde os meus seis anos é ser um grande César e general romano. Duvido que alguma menina já lhe disse isso na sua vida. Sonho com isso porque eu sempre achei que poderia mudar Roma, ou seja, ajudar as pessoas que estão doentes em diversos bairros, dar um jeito na crise, poder opinar em assuntos políticos mais sérios e expandir Roma ainda mais. Eu também seria muito poderosa, rica, adorada e respeitada por todos os romanos eternamente se me tornasse César. Agora eu pergunto: existe coisa melhor que essa na vida de um romano? — respondi maravilhada só de me imaginar como um César. Constantinus se surpreendeu com a minha resposta à pergunta dele e disse:

— Você realmente sonha bem alto. Estou impressionado. Ninguém nunca havia me falado que sonha em ser César e general antes, muito menos uma menina. Esse seu sonho, infelizmente, é bem fora da nossa realidade.

— Eu sei disso. Por isso é apenas um sonho e sempre será. Você perguntou qual é o meu sonho, não perguntou? Então... — disse um pouco triste.

— Sabe, Liv, em minha opinião, se você se tornasse César, você seria um dos melhores Césares que Roma já teve, porque você é uma das pessoas mais responsáveis, cultas, interessadas em estudos gerais, carismáticas e espertas que já conheci. Não estou dizendo isso apenas por ser seu amigo, mas sim porque eu penso isso de você e acredito no que disse do fundo do meu coração. Tenho certeza que mesmo que eu não fosse seu amigo, eu pensaria isso sobre você porque essas qualidades que citei são bem marcantes em você.

— Muito obrigada. Fico feliz que você realmente veja minhas qualidades, porque a maioria das pessoas nem as leva em consideração. Elas apenas ficam cegas com a ideia de que sou uma menina e nada mais posso fazer da vida além de ficar obrigatoriamente enjaulada em casa. — disse muito triste ao pensar naquilo. Constantinus respirou fundo e respondeu:

— Não se preocupe com isso. É bobeira das pessoas. Em minha opinião, o que mais importa em uma pessoa são as qualidades dela e não a aparência.

— Gosto muito que você pense assim, mas infelizmente é uma minoria que tem esse mesmo pensamento. — comentei, respirando fundo tristemente ao lembrar.

— Isso é uma pena... — disse Constantinus, também triste. No mesmo momento, chegou a nossa vez de fazer a catapulta lançar uma pedra.

— Você vai lançar a pedra ou colocar a pedra na catapulta, Cons? — perguntei.

— Acho que dessa vez vou apenas colocar a pedra na catapulta. Eu lanço a pedra na próxima. — respondeu Constantinus, já colocando a pedra na parte redonda e funda da catapulta. Eu então fui até a alavanca da catapulta, puxei-a com toda a força, pois era pesada, e, depois de puxá-la bem, soltei-a e a pedra foi lançada em um formato de arco quase perfeito. General Accursius se impressionou e disse:

— Ótimo trabalho, Constantinus e Livia!

Agradecemos e voltamos para o final da fila. Constantinus e eu ficamos felizes em ter feito um bom trabalho.

— Liv, por mais que seja impossível você ser César ou general, acho que você poderia até mesmo superar o seu pai, porque ele não resolve a crise de Roma e a corrupção do Senado de forma alguma. Sinto que você seria boa o suficiente para conseguir resolver as coisas que ele não conseguiu. — disse Constantinus, em tom baixo, com medo que alguém interpretasse aquilo como um desacato ao meu pai, embora tenha sido um pouco de fato. Mesmo assim, não me importei porque, embora sendo uma crítica sobre meu pai, era um elogio para mim.

— Agradeço muito sua confiança em mim. Para falar a verdade, também acho que eu poderia fazer isso que você disse. — comentei, rindo. Constantinus riu também, mas logo depois ficou preocupado e disse:

— Não conte isso que eu disse para você agora para o seu pai, por favor! Senão é capaz de ele me pregar em uma cruz ou me jogar no Coliseu para os leões! — eu ri e disse:

— Calma! É óbvio que não vou falar nada disso a ele! Isso só ficará entre nós dois!

Depois do exercício da catapulta, fizemos vários outros exercícios, alguns cansativos e outros nem tanto, até que o general Accursius anunciasse o final do treinamento militar. Constantinus e eu conversamos mais do que o dia anterior naquele treinamento e eu fiquei feliz com isso porque gostava muito de conversar com ele e ele parecia gostar bastante de falar comigo também.

XII
CONVERSANDO SOBRE CONSTANTINUS

No mesmo dia, mais para o final da tarde, depois da minha aula particular, Hadriana apareceu em minha casa. Ficamos no Monte Palatino conversando sobre o nosso dia e eu fiquei observando a toga que ela estava usando como de costume. Era uma toga vermelha, bonita e chamativa, mas mesmo assim eu preferia a minha armadura a uma toga vermelha. Aliás, eu estava usando a minha armadura naquele momento e eu a achava a roupa mais bela que eu tinha.

— Me conte as novidades, Liv. Como foi o seu treinamento militar hoje?

— Foi bem legal. Conversei bastante com... O meu novo amigo. — respondi feliz ao me lembrar.

— Novo amigo? Dessa eu não sabia! O que você está me escondendo? — perguntou Hadriana com um sorriso travesso. Ri e disse:

— Tire esse sorriso do rosto, Hadri, ele é só um amigo. Eu o conheci ontem e nós acabamos nos dando muito bem. O nome dele é Constantinus.

— Então você arrumou um novo amigo? Que legal! Ele é a fim de você?

— Claro que não! Somos só amigos! — respondi revoltada. Hadriana riu da minha reação.

— Eu sei, estou apenas brincando com você. Ele é legal?

— Sim. Eu gosto bastante dele. Estamos quase nos tornando melhores amigos de tanto que nos entendemos. — respondi.

— Mas eu sou sua melhor amiga! — afirmou Hadriana revoltada.

— Claro que você é, Hadri, mas isso não quer dizer que você é necessariamente minha única melhor amiga. — disse, rindo.

— Entendi. Mas sobre o que você e esse tal Constantinus tanto conversaram? — perguntou Hadriana.

— Sobre tudo. Já conversamos sobre nossas experiências, nossas vontades, nossos amigos e parentes... Várias coisas. Enfim, nós dois acabamos nos dando muito bem. — respondi. Na hora em que eu disse a palavra "vontades", Hadriana levantou uma sobrancelha. Achou estranho eu ter falado sobre aquele assunto com Constantinus e percebi que ela ficou curiosa em saber quais "vontades" minhas eu havia contado a ele.

— Vontades? Quais vontades suas você revelou para ele? — perguntou Hadriana curiosa.

— Apenas uma: disse a ele que quero ser César um dia. Só disse isso a ele porque ele me perguntou qual era o meu sonho e você sabe que o meu sonho é ser César. — respondi, rindo. Hadriana ficou boquiaberta quando eu disse isso. Parecia que ia ter um infarto. Estranhei aquela reação exagerada dela.

— Hadri... Você está bem? — perguntei assustada.

— Lógico que não! Livia Regilla, não acredito que você disse para um menino qualquer algo arriscado e insano assim! O seu "amigo" pode dizer para as autoridades que você é demente ou perturbada e eles podem puni-la severamente ou até matá-la! — respondeu Hadriana desesperada. Fiquei mais assustada ainda quando Hadriana disse aquilo, mas ao mesmo tempo achei engraçado aquele desespero todo dela. Aliás, para quem ainda não sabe, Regilla é o meu sobrenome.

— Hadriana Triaria, eu posso não conhecer o Constantinus tão bem assim, mas eu o conheço bem o suficiente para saber que ele jamais revelaria o meu "sonho secreto e insano" para ninguém! — afirmei inconformada. Para quem não sabe, Triaria é o sobrenome da Hadriana. No mesmo momento, Hadriana suspirou e disse:

— A maioria das pessoas nunca conhece alguém bem o suficiente por mais que pense que conhece... — Estranhei muito aquele comentário, mas achei melhor não discutir.

— Acontece que eu não sou a maioria das pessoas. Eu sou eu, ou seja, eu tenho certeza que conheço o Constantinus bem o suficiente sim para contar um sonho meu a ele, por mais que eu só o tenha encontrado duas vezes. — disse. Hadriana ficou surpresa com minha confiança ao dizer aquilo, mas percebi que ela ainda pensava que eu estava falando mesmo era besteira. Fiquei pensando em como eu poderia convencê-la de que Constantinus era um bom menino. Cheguei a uma conclusão e disse:

— Hadri, você nem me fez perguntas sobre o Constantinus para saber como ele é! Como você pode julgá-lo assim? Primeiro, me faça perguntas sobre ele, depois dê seu veredito.

— Tudo bem. Como vocês se conheceram? — perguntou Hadriana.

— Nos conhecemos no primeiro dia do treinamento quando o general anunciou a todos a minha chegada. Todos riram de mim e ele foi o único que não riu. Logo depois, ele foi até mim, me deu as boas-vindas, apresentou-se, eu pedi a ele que não agisse tão formalmente comigo e começamos a conversar. — respondi.

— O que ele lhe disse sobre ele?

— Me disse que é filho de um artesão, tem 14 anos, três irmãos e sonha em ser um grande militar quando for mais velho. Ele realmente ama muito exército.

— Filho de um artesão?! Então ele é plebeu! Como você conseguiu fazer amizade com um plebeu? — perguntou Hadriana inconformada. "Por que todos cismam com o Constantinus só porque ele é plebeu? Que coisa mais chata!", pensei brava.

— Eu não me importo se o Constantinus é plebeu ou não, eu simplesmente me dei bem com ele e me tornei amiga dele. — respondi também inconformada.

— Tudo bem, mas o Constantinus só disse isso sobre ele? Ele não lhe disse mais nada? — perguntou Hadriana.

— Lógico que disse! Eu perguntei a ele o que a irmã dele faz, ele riu, disse que nunca haviam perguntado isso antes e se enrolou ao tentar lembrar. Achei isso ofensivo porque ficou parecendo que ele não liga para a irmã dele... — respondi triste ao me lembrar.

— Liv, quase ninguém presta atenção no que as meninas fazem, é algo natural das pessoas porque mesmo que algumas estudem, eles sabem que os estudos não levam as meninas a nada. Eu sei que isso é triste, mas infelizmente é um fato. — comentou Hadriana.

— Pois é... Mas depois disso, mudamos de assunto e o Constantinus pediu para eu contar a ele uma experiência interessante que eu havia vivido. Contei a ele sobre o dia em que o meu pai flagrou o Tul esculpindo.

— Você contou isso a ele?! Meus deuses! Justo uma das piores experiências que você e eu já passamos?! — disse Hadriana assustada ao se lembrar.

— Ele me pediu para contar uma experiência interessante que vivi e contei. Para mim, aquele dia foi uma experiência aterrorizante, mas interessante ao mesmo tempo. — disse.

— Entendi. Agora a pergunta que não quer calar: como o Constantinus reagiu quando você contou sobre o seu sonho? — perguntou Hadriana muito curiosa. Quando Hadriana me perguntou aquilo, fiquei muito feliz porque me lembrei da reação de Constantinus e ela havia sido muito melhor do que eu esperava.

— Bom, ele disse que acredita em mim. Também disse que acha que eu poderia ser um ótimo César e melhorar Roma ainda mais do que já é. E ele não falou isso por falar, falou sério e com firmeza. Fiquei bem feliz com isso. — contei. Hadriana ficou surpresa com a reação de Constantinus e disse:

— Uau, Liv... Fiquei impressionada porque não imaginei que ele reagiria assim quando você dissesse a ele que queria ser César.

— Pois é, Hadri, mas as pessoas nos surpreendem mais do que podemos imaginar. Por acreditar em mim, eu acho que Constantinus será um ótimo amigo meu. — disse, sorrindo ao pensar.

— Eu concordo, mas tome cuidado para não passar dos limites com esse garoto! Pode ser que um dia vocês dois talvez... se tornem mais do que amigos, quem sabe. — comentou Hadriana com um sorriso travesso. Eu ri e disse:

— Constantinus e eu somos apenas amigos. Não tem como algo rolar entre a gente. Ele não é apaixonado por mim nem eu por ele, nós somos apenas bons amigos que se entendem. — Hadriana riu e eu também. Depois daquela conversa sobre Constantinus, nós duas demos mais uma volta no Monte Palatino, em seguida nos despedimos e fomos para as nossas casas.

XIII
UM FANTASMA FAMILIAR

No mesmo dia, depois de conversar na sala de estar com meu pai, Estela e meus irmãos, fui dormir. Percebi que não estava conseguindo dormir porque não parava de pensar em meu sonho desde o momento em que havia conversado com Hadriana sobre tê-lo contado para Constantinus. Era uma daquelas fases minhas de ficar imaginando infinitamente o que aconteceria se meu sonho se tornasse realidade.

Cinco minutos depois, saí da cama o mais devagar possível para não fazer barulho e fui discretamente até a sala de estar. Atrás de uma mesa marrom e duas cadeiras brancas estava uma janela e resolvi sentar em seu parapeito, colocando ligeiramente minhas pernas para fora da janela. Ao sentar lá, comecei a observar a vista de Roma, que era cheia de grandes construções feitas de mármore e colunas. Eu amava aquela paisagem e desejava com todo o meu coração cuidar de tudo aquilo um dia.

— Roma é um lugar maravilhoso, mas ao mesmo tempo com muitas coisas a serem corrigidas. Por que apenas homens podem ter o prestígio de administrá-la e governá-la? A grande maioria deles se envolveu em corrupção e ainda acha que tem moral de falar das mulheres... — comentei, rindo. Fiquei me lembrando de como me saí no treinamento militar, deixando todos aqueles garotos boquiabertos com as minhas habilidades. Sabia que apenas com aquilo eu já havia provado ser melhor que meninos em alguma coisa e eles, mesmo tristes, acabaram aceitando a derrota. Eu, mesmo às vezes passando por dificuldades, jamais aceito uma derrota enquanto sei que ainda posso vencer. Meu pai costumava me dizer que duas das características mais importantes de um César são o esforço e a perseverança e que isso eu tinha de sobra, o que me fazia levar vantagem em relação a outros. Eu acreditava do fundo do meu coração que poderia mudar Roma, prender a maioria dos corruptos, investir no saneamento básico para livrar as pessoas da peste e também em mais pinturas, porque sempre achei Roma uma cidade linda, mas também um absurdo não ter quase nenhuma pintura. Eu também planejava expandir mais o Império Romano e liderar as tropas do exército usando estratégias inteligentes. Sonhava em ser um César tão incrível quanto Júlio César e Augusto, que foram os melhores Césares que o Império Romano teve.

— Se eu me tornasse o César, além de fazer tudo que planejei, eu ainda autorizaria as meninas da plebe a estudar e adquirir cultura, assim como as meninas da nobreza, e também estudaria ainda mais do que já estudo para aprofundar os meus conhecimentos e usá-los para ser o melhor César que puder para o meu Império. — comentei. Naquele momento, eu fiquei refletindo sobre como seria o meu governo para Roma, se eu realmente conseguiria cumprir todos os meus objetivos e transformar todas as minhas ideias em realidade. Também imaginei como eu me tornaria poderosa, adorada, se virasse César.

— Aguarde-me, povo romano. Quem sabe um dia serei sua líder. — disse, sorrindo e virando as costas para voltar para a cama. No momento em que virei as costas e comecei a parar de me imaginar como César e a sonhar acordada, um vento passou por mim. Ignorei e prossegui até meu quarto, mas o vento passou por mim de novo, então voltei a sala de estar para ver se o vento estava vindo de lá e vi um homem parado em frente à janela, que havia sido o causador do vento por conta de seus movimentos. Era um homem definido, alto, tinha cabelos curtos, usava uma toga muito bem enrolada e uma coroa de folhas de ouro igual à do meu pai. Percebi na hora que o homem que eu estava vendo estava em uma forma espectral e era um César. Assustei-me muito quando vi o homem parado ali, então fui correndo até o meu quarto, peguei minha espada e perguntei à ele:

— Quem é você? O que está fazendo na minha casa? — Quando o homem viu que eu estava com a espada na mão, tive a sensação que ele sabia desde o começo que eu a pegaria quando o visse na minha sala de estar. O homem riu e disse:

— Sério mesmo, Livia? Vai mesmo me atacar?

Estranhei aquele comentário e respondi:

— Não vou atacá-lo. Apenas trouxe minha espada para me defender caso você tenha planos de me atacar.

— Eu não vim aqui atacá-la, vim conversar com você. Aliás, achei muito estranho você não ter me reconhecido. — comentou o homem.

— Quem é você? — perguntei.

— Sou César Augusto. Governei o Império Romano muitos anos antes de seu pai, Flavius IV. Como você mesma sabe, fui um dos melhores Césares que este Império já teve. — respondeu Augusto. "Também foi um dos Césares mais modestos de Roma pelo jeito", pensei ironicamente. Por mais que tenha me assustado no começo ao ver aquele fantasma na minha sala, fiquei muito feliz ao ouvir que ele era Augusto, o César que mais expandiu e enriqueceu Roma na história e também um dos meus maiores ídolos. Fiquei muito emocionada em finalmente conhecer o grandioso Augusto.

— O que um homem importante como você tem para conversar comigo? — perguntei feliz, mas, ao mesmo tempo, confusa. Augusto arrumou sua coroa de folhas e disse:

— Livia, você e minha esposa têm outra coisa em comum além do nome: vocês duas são mulheres incríveis. Sempre admirei minha mulher por sua inteligência e carisma e vejo essas mesmas coisas em você. Em minha opinião, inteligência e carisma são qualidades de alguém que vai crescer muito na vida. — "A esposa de Augusto também se chamava Livia? Eu nunca soube disso!", pensei surpresa.

— Obrigada, César. — agradeci mais feliz do que nunca. Já havia ouvido antes do meu pai, de Constantinus e de outras pessoas que sou inteligente e carismática, mas ouvir isso de Augusto era algo completamente diferente porque ele era um dos homens mais respeitados e venerados de Roma. Se ele falou isso de mim, ninguém pode negar o que ele disse.

— César? Já morri, menina, nem sou mais César! Pode me chamar de Augusto. — respondeu rindo. Eu disse:

— Bom, se é isso que deseja, então tudo bem.

— Enfim, eu não vim aqui apenas para compará-la com minha mulher. Vim para ter uma conversa com você sobre esse seu... Sonho. — Assustei-me na hora. Fiquei pensando: será que Augusto havia vindo mesmo até minha casa para me motivar? Ou apenas para caçoar do meu sonho de ser César? Eu tinha uma grande dúvida em relação àquilo. Augusto era um homem muito esperto e competente, mas será que ele entendia que meu sonho era algo muito sério e especial para mim? Talvez ele estivesse lá apenas para falar que eu era uma ridícula e sem noção, mas eu não tinha como adivinhar se era por isso mesmo que ele estava lá.

— Sonho? Você sabe qual é o meu sonho? — perguntei para testar Augusto.

— Claro que sim. Você sonha em um dia se tornar um grande César e general, assim como eu e o meu tio, Júlio César. Por você ser uma menina, muitos consideram esse seu sonho impossível. — respondeu Augusto.

— Muitos consideram impossível?! Todos consideram, inclusive eu! Qualquer pessoa, por mais que confie em mim, sabe que o meu sonho jamais deixará de ser um sonho! — disse inconformada. Augusto riu e disse:

— Uma garota perseverante e esperta como você jamais deveria dizer uma coisa negativa dessas. Uma garota que deseja ser César um dia jamais deve dizer que algo é impossível.

— Mas o fato de não poder ser César não tem nada a ver com negativismo, Augusto, é apenas um fato. — afirmei.

— Existem coisas difíceis na vida, mas não existem coisas impossíveis. Sabe o que muitos pensam que é impossível? O Império Romano ter conquistado tantos territórios. Mas isso aconteceu, não aconteceu? Ninguém disse que foi fácil, mas também não era impossível, senão não teria acontecido. — disse Augusto.

— Isso que disse eu entendi, mas não é por isso que todo o resto das coisas quase impossíveis também pode ser possível. — disse ainda inconformada.

— Claro que pode! Ouvi dizer que há muitos e muitos anos existiu um faraó no Egito que era mulher e ela foi um dos faraós mais importantes que o Egito já teve. Agora me diga: não é praticamente impossível um faraó ser mulher? Pois é, mas existiu um na história que era. — disse Augusto.

— Entendi, mas eu duvido muito que abram uma exceção para mim, especialmente hoje em dia... — comentei.

— Você não sabe se abrirão ou não. Aliás, não sabemos se abrir uma exceção para você será mesmo necessário para o seu sonho se tornar realidade. — afirmou Augusto.

— Como assim "pode não ser necessário abrirem uma exceção para mim"? Mulheres não podem assumir posição política nenhuma em Roma! Isso é uma lei! — disse, estranhando o comentário de Augusto.

— Livia, suas ideias para melhorar Roma são muito boas e não devem ser desperdiçadas. Não acho que o destino seria capaz de negar a Roma um César tão bom e competente quanto você. — comentou Augusto.

— Como assim? Estou achando essa sua conversa muito estranha... — disse assustada.

— Estou dizendo que pode ser que apareça uma chance de você ser César, mas isso depende somente do destino, ou seja, se ele decidir que vale a pena Roma ter você como César, ele lhe dará uma chance. — disse Augusto, como se fosse algo óbvio.

— Então, você está dizendo que tenho chance de ser César? — perguntei confusa.

— Não exatamente. Quem lhe dirá isso é o destino porque, como eu já disse, ele que decidirá se você merece essa chance ou não. Não posso lhe dizer nada além de que você é uma das pessoas mais capacitadas e habilidosas que já conheci para governar esse Império. — afirmou Augusto sorrindo. Fiquei corada na hora.

— Muito obrigada. Fico feliz em ouvir isso, principalmente vindo de você, um dos melhores Césares romanos de todos. — disse, sorrindo de volta.

— Você não precisava ter ouvido isso de mim porque já ouviu de muitas pessoas, entre elas, seus dois amigos, seu pai e seus irmãos. Enfim, como várias pessoas já lhe falaram isso, você precisa ter certeza de que é mesmo capaz e habilidosa o suficiente para governar o nosso Império um dia. — afirmou Augusto, desaparecendo. Quando Augusto desapareceu por completo, voltei ao meu quarto pensativa sobre o que ele havia me dito. Não me conformava que ele realmente achava que eu poderia ter uma chance de governar Roma, achava aquilo loucura. Não havia entendido também como ele sabia que o meu pai, a Hadriana, o Constantinus e meus irmãos já haviam falado aquelas coisas sobre mim. Tive a sensação de que Augusto sabia de absolutamente tudo que já acontecera comigo, sabia como eu era, as habilidades e os defeitos que tinha e também o que aconteceria comigo no futuro. Parecia que ele sabia se eu realmente teria uma chance de me tornar César ou não, mas resolvi não o questionar, até porque, ele veio com todo aquele assunto de destino e tudo mais, então se ele sabia a verdade, não a falaria para mim. Pelo menos não naquele momento.

XIV
CONSPIRAÇÕES?

No dia seguinte, durante a noite, aconteceu uma pequena festa em nossa casa: todos os irmãos, pais e tios de meu pai e de Estela foram convidados para comer e beber conosco porque era aniversário de casamento deles. Estela fez questão de chamar todos os parentes. Já teve uma festa com parentes em casa? Pois é, para quem já teve, sabe que nessas festas sempre há muitos parentes que chegam, cumprimentam e apertam as bochechas dos filhos dos anfitriões, que, nesse caso, são eu, Tullius e Mauritius. Nós três odiamos parentes que apertam nossas bochechas.

Depois que todos chegaram (e as minhas bochechas, as de Tullius e as de Mauritius estavam vermelhas), finalmente sentamos no nosso sofá, comemos uma pera cada um e relaxamos um pouco, afinal, não aguentávamos mais cumprimentar ninguém.

Fiquei observando minha prima, Valeria, que tinha 15 anos, conversar com Mauritius, que não parava de falar de suas pinturas e partes da aula de história que incluíam alguma coisa sobre arte. Valeria era uma garota muito simpática e bonita, estava usando uma toga roxa naquele dia e, mesmo sendo uma garota legal, chegou uma hora em que não aguentava mais ouvir Mauritius falar e a única coisa que ela podia fazer naquele momento sem ser mal-educada era ficar falando coisas como "Sim" e "Entendi" até que ele desistisse de falar. Valeria, Hadriana e eu costumávamos brincar juntas com frequência quando éramos mais novas, mas, com o tempo, Valeria arrumou novas amigas da mesma idade que ela e acabou esquecendo de nós. Algo estranho que observei em Valeria era que, depois de um tempo, ela passou a ignorar Hadriana toda vez que ela tentava puxar algum assunto. Até hoje não sei porque Valeria ignorava Hadriana naquela época, mas já passou um bom tempo e duvido que descubra o que houve entre elas.

— Mauri, venha aqui por um instante! — pedi, piscando para Valeria.

— Já estou indo! — disse Mauritius, vindo até mim. Valeria sorriu e disse para mim, em tom baixo:

— Muito obrigada, Liv!

— De nada, Val. — respondi, rindo. Valeria riu também e foi conversar com outra pessoa. Observei que naquele dia ela estava com mais maquiagem e acessórios do que o normal e não entendi bem o porquê. Levantei do sofá em que estava sentada e fui ouvir a conversa entre meu pai e Petronius, irmão de meu pai e apenas dois anos mais novo que ele.

— Então, Flavius, conte-me como é sua vida como César. — disse Petronius.

— Bom, é uma vida muito boa, porém também é complicada. Todos os dias tenho de ir ao Senado e ficar lá por muitas horas e não gosto muito disso porque sinto falta dos meus filhos quando fico tantas horas longe deles. — disse Flavius.

— Isso mesmo! Era sobre seus filhos que eu gostaria de falar. Então, conte-me sobre o que eles fazem geralmente nos dias da semana. — pediu Petronius curioso. Estranhei Petronius ter ficado tão curioso em relação ao que fazíamos durante a semana.

— Meus três filhos fazem treinamento militar à tarde e, em seguida, fazem aula particular com o professor Rubellius Crispus. Depois eles têm um tempo livre para fazer o que quiserem antes de dormir. — contou meu pai.

— Rubellius Crispus? Já ouvi falar desse professor... Ele dá aulas para os filhos do Valerius e para os da Fabia também. — comentou Petronius.

— Verdade. — disse meu pai.

— E quanto às outras coisas? Que horas mais ou menos os seus filhos fazem cada coisa? — perguntou Petronius. No mesmo momento, vi que Petronius fez um sinal discreto para um homem jovem e bem arrumado que estava ao lado dele com pedaços de papel pronto para escrever. Achei aquilo muito estranho, até porque não me lembro de tê-lo visto em outras festas de família.

— Não me lembro exatamente... Acho que eles vão para o treinamento em torno das três da tarde, depois tem aula às seis e, em seguida, eles aproveitam o tempo livre deles. E os seus? — perguntou meu pai. Notei que o jovem ao lado de Petronius escreveu absolutamente tudo que meu pai foi dizendo. "O tio Petronius está perguntando o horário das atividades que meus irmãos e eu fazemos? Que estranho... Quem perguntaria isso?", pensei.

— Bom, eu só tenho um filho: o pequeno Cornelius, e como ele tem apenas 7 anos, ainda não faz treinamento militar e recebe apenas algumas das aulas, que são geralmente dadas por professores particulares. Por exemplo: o professor do Cornelius ainda não ensina estratégia militar e filosofia a ele porque ele é muito pequeno para compreender essas coisas. — contou Petronius. Achei estranho Petronius não ter dito os horários das atividades de Cornelius, parecia que ele temia alguma coisa.

— Cornelius... Faz tempo que não o vejo. Ele está aqui hoje? — perguntou meu pai.

— Sim, ele está logo ali com minha esposa. — respondeu Petronius, indicando Cornelius e sua esposa com o dedo, que estavam no canto direito de nossa sala de estar. Meu pai foi até lá para ver Cornelius e minha tia, Terentia. Enquanto isso, fiquei ouvindo a conversa entre Petronius e o jovem que eu não sabia quem era.

— Você anotou todos os horários das atividades dos filhos do Flavius? — perguntou Petronius.

— Sim, senhor Petronius. — respondeu o jovem, mostrando um dos pedaços de papel que estava em sua mão e que estava cheio de anotações. Petronius pegou o papel da mão do jovem, checou se ele anotou tudo e disse:

— Muito bom. Amanhã eu o encontro em frente ao Coliseu às duas horas da tarde e o pago. Pode ser?

— Claro que sim. Está combinado. — respondeu o jovem. Aquela fora a conversa mais estranha e assustadora que eu já havia ouvido na minha vida. Petronius estava armando alguma coisa e eu não fazia ideia do que poderia ser. Fui até ele e disse:

— Olá, tio Petronius! Tudo bem com o senhor?

— Olá, Livia. Que bom vê-la! Tudo bem sim, e você? — perguntou meu tio, sorrindo.

— Tudo bem. Quem é esse belo jovem sentado ao seu lado? Não o reconheço. — disse, apenas para ver a reação de Petronius, que ficou muito tenso na hora em que perguntei a ele quem era o rapaz. Gaguejando um pouco, Petronius respondeu:

— Este é o, o... Seu primo, Sergius, filho da tia Fabia. Como você não o reconheceu? Ele aparece em quase todas as festas de família!

— É verdade, tio! Agora que eu me lembrei! É que faz tempo que não vejo o Sergius e ele parece estar diferente da última vez que o vi, não acha? — perguntei também para ver a reação de Petronius, que ficou ainda mais tenso.

— Ele mudou o corte de cabelo e raspou a barba apenas. Eu não achei que ele mudou muito. — disse Petronius, rindo. Eu ri também e fui para outro canto da sala de estar. Petronius sempre fora um péssimo mentiroso, eu sabia que ele estava tramando alguma e que o jovem definitivamente não era Sergius, até porque Sergius era mais alto, menos branco, menos magro e mais cabeludo que aquele jovem. Outra coisa que me lembrei era que Sergius tinha olhos verdes e tinha 23 anos, já aquele jovem tinha olhos castanhos e parecia ter em torno de uns 16 ou 17 anos. Enfim, concluí o seguinte: se Petronius mentiu sobre a identidade do jovem, definitivamente havia alguma coisa que ele estava tramando às escondidas e o jovem com certeza o estava ajudado em seu plano. Fiquei com medo, queria muito descobrir qual era o plano de Petronius e o que os horários de nossas atividades tinham a ver com o plano dele.

XV
UMA PAIXÃO SECRETA

Na mesma noite, fui para meu quarto para tentar pensar sobre o que Petronius havia feito e quais eram as possibilidades do plano dele ser ruim. Eu pensei e pensei... Mas não cheguei a nenhuma conclusão. Depois, sentei na minha janela e pus os pés para fora, igual fiz naquele dia em que Augusto veio até minha casa. Comecei a pensar de novo, mas nada me veio em mente, então apenas rezei para Vesta, a deusa do fogo doméstico e protetora das famílias, pedindo a ela que Petronius não estivesse armando nada de ruim, e sim algo bom, como um encontro comigo, Mauritius e Tullius, igual ele já havia feito inúmeras vezes apenas para conversar conosco, ouvir o que temos a dizer e contar as divertidas histórias da vida dele. Eu também tinha ido até meu quarto para ter um pouco de calma, afinal, eu não aguentava mais aquele barulho que estava na sala de estar e na cozinha por conta de nossos parentes conversando alto o tempo todo.

Enquanto eu olhava pela janela, observei a lua, as árvores e arbustos do Monte Palatino, a vista de Roma à noite, os pássaros, o canto das cigarras e mais uma coisa: minha prima Iulia, que tinha a mesma idade que eu e era irmã de Valeria. Quando a vi fora da minha casa, estranhei muito, porque a festa estava acontecendo dentro de nossa casa e não fora. Observei que ela estava andando bem devagar, olhando para todos os lados e se contraindo toda. Iulia também passou a mão no cabelo para arrumá-lo, ajeitou uma das camadas da toga dela, encostou-se em uma árvore e ficou lá parada. Olhei para o outro lado, vi que Hadriana estava vindo e fiquei mais confusa do que eu já estava. "O que a Iulia está fazendo lá fora e o que a Hadri está fazendo aqui a essa hora?", pensei, curiosa para descobrir o que as duas estavam fazendo lá fora.

Alguns segundos depois, Hadriana começou a fazer o mesmo que Iulia: olhar em volta e andar devagar. Logo depois, Hadriana viu Iulia encostada na árvore e disse a ela, em tom baixo:

— Não acredito que você está aí, Iulia! Perdeu o juízo? Você pode ser vista!

— Desculpe-me, é que não pensei em outro lugar para me esconder... — disse Iulia, rindo.

— Não se preocupe. Sei que da próxima vez você se lembrará de se esconder em um lugar melhor. — disse Hadriana, também rindo. Iulia e Hadriana então saíram de perto da árvore que Iulia estava encostada e foram em outra direção. Não resisti e pulei da janela, já que minha casa era térrea e não tinha problema nenhum, e comecei a segui-las. Enquanto elas andavam e conversavam, percebi que teve um momento em que elas deram as mãos. Estranhei.

— Já que aquele lugar você acha exposto demais para nós, que lugar você sugere para ficarmos, Hadri? — perguntou Iulia.

— Bom... Nós podemos ficar ali, na frente daqueles dois arbustos. — respondeu Hadriana, indicando os dois arbustos com seu dedo.

— Pode ser. — disse Iulia. Então as duas foram até os arbustos, e eu as segui. Elas sentaram na frente dos dois arbustos e eu me escondi atrás de uma árvore que estava próxima das duas. O esconderijo que as duas haviam escolhido era bom, até porque não era próximo da minha casa e era bem na beira do Monte.

— Então, como estão as coisas com sua irmã? Ela veio na festa da Liv? — perguntou Hadriana preocupada.

— Veio, mas não se preocupe, duvido que ela saia da festa igual naquela vez. — respondeu Iulia, rindo. Fiquei mais confusa do que já estava quando Iulia disse aquilo porque eu não fazia ideia do que ela estava falando.

— Nem me fale... Ela nunca mais falou comigo depois daquilo. Bom, se ela quer ser preconceituosa, o problema é dela. — disse Hadriana triste. Valeria passou a não falar mais com Hadriana desde que descobriu sobre o namoro secreto com Iulia. Valeria é extremamente conservadora e não aceita o fato de sua irmã namorar uma garota.

— Deixa a Valeria para lá. O importante é que estamos juntas agora e continuaremos juntas até quando os deuses quiserem... — afirmou Iulia, sorrindo, Hadriana sorriu de volta. No mesmo momento, Iulia passou a mão no rosto de Hadriana, aproximou-se dela e a beijou na boca. O beijo que Iulia deu em Hadriana não foi um selinho que durava poucos segundos, mas sim um beijo mais duradouro. Depois elas se beijaram de novo, de novo e de novo... Resolvi sair de perto. Eu sabia também que relacionamentos entre garotas, entre irmãos, entre garotos ou entre primos eram comuns em Roma, até porque o irmão de meu pai já havia namorado a irmã, minha tia Fabia, aliás, não fiquei nem um pouco surpresa em saber que Hadriana saía com uma menina, mas fiquei chateada que ela não havia me contado antes. Ela não costumava me esconder nada nunca.

Depois de dez minutos pensando e tentando processar aquilo que vi, fui andando lentamente de volta para a minha casa. Fiquei decepcionada por Hadriana não ter me contado antes sobre ela e Iulia, afinal, somos melhores amigas e contamos tudo uma para a outra. Pelo menos quase tudo.

Quando eu ia entrar na minha casa, vi Hadriana e Iulia se despedindo. Iulia foi em direção a minha casa e Hadriana foi para outra direção. Segui Hadriana rapidamente para que não a perdesse de vista e para que eu a alcançasse o mais rápido possível. Notei que Iulia ficou surpresa ao me ver andando rápido daquele jeito atrás de Hadriana.

— Hadriana Triaria, somos amigas há tantos anos e você não me contou que está namorando com a minha prima Iulia?! Pelo amor dos deuses! Não acredito que você me escondeu uma coisa dessas! — disse muito brava. Hadriana ficou arrasada quando eu disse isso, parecia que não gostava de tocar naquele assunto. Notei que ela também ficou surpresa. Acho que ela jamais imaginou que eu descobriria o segredo dela.

— Você, você... Como você sabe disso? — perguntou Hadriana.

— Eu estava na minha janela observando a vista de Roma, vi você e a Iulia andando juntas, achei estranho e resolvi segui-las. Em seguida, vi vocês duas se beijarem inúmeras vezes atrás daquela moita e me afastei. — respondi.

— Entendi... — disse Hadriana.

— Você escondeu de mim que estava namorando alguém e isso não se faz com uma melhor amiga, ainda mais uma que sabe guardar segredos muito bem e se essa pessoa que você estiver namorando for a prima da sua melhor amiga! — afirmei ainda brava.

— Calma, Liv! Fale baixo! Eu não contei para você porque, porque... Fiquei com muito medo de que você zombasse de mim ou contasse para alguém. — disse Hadriana triste.

— Você acha mesmo que eu faria isso com você? Não seja boba, Hadri! Você pode me contar qualquer coisa. Você sabe muito bem que eu não sou fofoqueira e que não existe mal nenhum em duas meninas namorarem. — disse, rindo.

— Você acha? — perguntou Hadriana, rindo.

— Lógico que sim! É óbvio que se você não quiser contar nada aos seus pais, não precisa, mas me conte pelo menos! Você sabe que pode confiar em mim para qualquer coisa! — disse, sorrindo.

— Obrigada, Liv. Você é mesmo a pessoa mais gentil e compreensiva que já conheci. Por isso você é minha melhor amiga. — disse Hadriana, sorrindo de volta e me abraçando. Fiquei muito feliz com o abraço.

— Obrigada, Hadri. Bom, eu tenho de voltar para a festa antes que o meu pai descubra que saí. Até mais! — disse, voltando para casa.

— Até mais! — disse Hadriana, andando em direção a casa dela, que não era no Monte Palatino, mas também não era tão longe. Então entrei em casa, sentei ao lado de Tullius e fiquei conversando com ele por um tempo. Duas horas e meia depois, a festa finalmente acabou.

XVI
CONVERSANDO SOBRE PETRONIUS

No dia seguinte, fui para o treinamento militar com os meus irmãos e fiquei pensando na conversa entre meu pai e Petronius no dia anterior. Fiquei imaginando quem poderia ser aquele jovem que anotou o que meu pai disse e o motivo de Petronius querer saber os horários de nossas atividades. Eu nunca havia ouvido na minha vida alguém perguntar para outra pessoa o horário das atividades da semana dos filhos, aliás, isso é algo muito estranho de se perguntar em minha opinião. Como eu estava indo ao treinamento militar, decidi conversar com Constantinus sobre aquilo, afinal, mesmo que ele não fosse meu melhor amigo há muito tempo, ele ainda assim era meu melhor amigo e me ajudava muito.

— Atenção, soldados! Hora do lançamento de discos! Façam as filas de sempre! — Todos os meninos fizeram fila e, obviamente, Constantinus ficou na mesma fila que eu. Sempre acho muito engraçado ver as filas formadas por causa da diferença de tamanho dos meninos. No nosso treinamento militar havia meninos de 9 a 18 anos e as diferenças de tamanho entre os meninos de diferentes idades eram bem notórias.

— Oi, Cons! Tudo bem? — disse, sorrindo.

— Sim, e você? — perguntou Constantinus.

— Tudo bem. Sabia que ontem foi aniversário de casamento do meu pai e da minha madrasta? Fizemos uma grande festa com a nossa família... — comentei.

— Eu já sabia. Um monte de patrícios e plebeus enviou presentes para os dois, inclusive a minha família. Mas mesmo assim, fale para eles que eu mandei os parabéns. — disse Constantinus, sorrindo.

— Pode deixar. Ah, eu queria falar sobre uma coisa importante com você. — disse ao me lembrar do assunto sobre os horários.

— Pode falar, Liv. O que houve? — perguntou Constantinus um pouco preocupado.

— Ontem, durante a festa, meu pai conversava com o irmão dele Petronius. No meio dessa conversa, meu tio perguntou ao meu pai que horas começava e terminava cada uma das atividades que Mauritius, Tullius e eu realizamos durante a semana. Você não acha muito estranho o meu tio ter perguntado isso? — perguntei. No momento em que eu disse aquilo, Constantinus franziu as sobrancelhas. Parecia que estava tentando processar o que eu havia dito, pensar em um motivo para Petronius ter feito aquela pergunta bizarra para meu pai.

— Bom... Pode ser que o seu tio tenha perguntado isso para o seu pai porque queria encontrar com vocês para conversar de modo que não atrapalhasse nenhuma atividade de vocês. — disse Constantinus.

— É uma possibilidade. O que mais você pode me sugerir? — perguntei.

— Por enquanto nada. Foi só nisso que consegui pensar. — disse Constantinus, rindo.

— O quê?! Como assim?! Eu preciso de mais possibilidades! Não tem como meu tio ter perguntado isso ao meu pai apenas por esse motivo! — afirmei inconformada.

— Calma, Liv! Respire! Por que você está tão curiosa para descobrir o motivo de seu tio ter perguntado isso ao seu pai? — perguntou Constantinus confuso.

— Porque eu estou com medo, Cons. Eu quero ter certeza de que o meu tio realmente não estava com más intenções quando perguntou os nossos horários para o nosso pai. — disse aborrecida.

— Entendi. Mas eu não acho que o seu tio estava com más intenções fazendo essa pergunta para o seu pai. Em minha opinião, ele poderia ter feito essa pergunta por conta do que eu já disse ou porque gostaria de inscrever os filhos dele nas mesmas atividades que vocês. Ou também porque queria assistir vocês realizando as atividades para ver as habilidades que têm. — disse Constantinus.

— Você tem razão. Pode ser que o tio Petronius tenha perguntado os nossos horários para o meu pai por conta de um desses três motivos. Obrigada! Agora estou mais tranquila. — disse, sorrindo. Constantinus sorriu de volta e a minha vez de lançar o disco chegou, então peguei o disco de pedra que estava no chão e lancei com toda a força que pude. Logo depois, Constantinus fez o mesmo e fomos juntos para o final da fila.

— Liv, eu acho que as possibilidades que falei para você são bem plausíveis, agora se você não achar o mesmo, me avise e então pensarei em mais algumas para você. — disse Constantinus.

— Obrigada. Pode deixar. Mas não se preocupe porque todas as possibilidades são plausíveis, porém, de todas elas, a mais plausível é a do tio Petronius estar interessado em inscrever o Cornelius, o filho dele, em alguma de nossas atividades porque meu tio sempre falou que tinha vontade de fazer isso, mas eu não sei se ele vai conseguir porque o Cornelius só tem 7 anos e não tem idade para fazer treinamento militar nem para aprender todas as matérias dadas nas aulas particulares. — disse, rindo.

— É verdade. Vai ver que o seu tio vai subornar alguém para conseguir inscrever o seu primo nas mesmas atividades de vocês. — comentou Constantinus, rindo também. Depois que ele disse aquilo, lembrei-me de um detalhe que eu tinha me esquecido de mencionar quando contei a ele o que Petronius havia perguntado para meu pai: o jovem. Lembrei-me daquele detalhe no momento em que Constantinus mencionou a palavra "inscrever" porque, quando ele disse essa palavra, associei com a palavra "escrever", o que me fez recordar do jovem escrevendo ao lado de Petronius na noite anterior. Um minuto depois, general Accursius exclamou:

— Muito bem, Antonius! Ótimo Lançamento! Próximo! — Mas minha vez não havia chegado. Eu me assustei um pouco quando o general Accursius falou com Antonius porque ele falou mais alto do que o normal. Resolvi então contar para Constantinus sobre o jovem.

— Cons, esqueci-me de contar para você um detalhe sobre a conversa do meu tio Petronius com meu pai: quando meu tio fez a pergunta para o meu pai e ele respondeu, um jovem desconhecido que estava ao lado do meu tio anotou rapidamente a resposta em uma folha de papel. — contei.

— Bom, o jovem pode ter ido até lá apenas para anotar os horários das atividades de vocês para depois entregar ao seu tio para que ele soubesse os horários das atividades de vocês e encontrasse vocês para conversar um pouco em um momento em que não estivessem ocupados. Ou, também, ele poderia ter feito isso para depois usar os horários de vocês para saber se poderá levar o filho dele para realizar as mesmas atividades que vocês fazem ou não. — disse Constantinus.

— Será mesmo? Porque ouvi o meu tio conversando com o jovem e dizendo que o encontraria no Coliseu hoje para pagá-lo! Que tipo de pessoa leva outra para anotar coisas e paga a pessoa depois? — disse inconformada.

— Todo serviço é pago, Liv. Mesmo que seja apenas para anotar coisas para alguém. — afirmou Constantinus.

— Você tem razão, Cons. — respondi rindo, mas ao mesmo tempo insegura. Constantinus riu também e disse:

— Eu acho que você está preocupada demais com esse assunto. Fique mais calma, até porque não há motivo para você se preocupar com isso.

— Será? — perguntei.

No mesmo momento, general Accursius exclamou:

— Sua vez, Livia! — Eu peguei um disco de pedra que estava no chão, me posicionei e o lancei o mais longe que pude. Fiquei feliz porque o meu disco foi mais longe do que havia ido no dia que lancei um disco pela primeira vez.

Logo depois, a vez de Constantinus chegou, então ele se posicionou e lançou o disco. O disco que ele lançou foi mais longe que o meu, mas eu não me importei.

— Então, em minha opinião, não há problema o seu tio ter perguntado os horários das atividades que você e seus irmãos fazem para o seu pai porque todos os possíveis motivos de seu tio ter feito essa pergunta não trazem problema nenhum para ninguém. — afirmou Constantinus.

— É verdade. Então é melhor eu não me preocupar mesmo, eu acho. — disse.

— Claro que você não deve se preocupar! — comentou Constantinus, rindo.

— Ai meus deuses! Quase me esqueci de dizer isso: muito obrigada por analisar os possíveis motivos de meu tio ter feito aquela pergunta para o meu pai. Foi muito legal de sua parte fazer isso. — disse, sorrindo.

— O que é isso? Não precisa me agradecer. Pode me chamar para ajudá-la quando quiser. Aliás, gostaria de ir até minha casa hoje? Queria mostrar algumas coisas para você. — disse Constantinus sorrindo de volta.

— Pode ser. Que horas posso ir, Cons? — perguntei ansiosa.

— Logo depois que o treinamento acabar. O meu endereço é: rua Marte, número 67. — disse Constantinus.

— Entendi. Prometo que irei até lá hoje mesmo. — disse, sorrindo.

— Que bom! — disse Constantinus feliz. General Accursius exclamou logo em seguida:

— Atenção! Agora que todos finalizaram o exercício, venham comigo até o canto direito do nosso centro de treinamento e formem as mesmas filas que vocês formaram para fazer o exercício de lançamento de discos. Agora vocês farão outro exercício: abdominais! Assim que terminarem de fazer as filas, comecem a fazê-los! Cada um de vocês tem de fazer 110 abdominais, não se esqueçam disso! — Com isso, seguimos general Accursius até o outro lado do centro de treinamento, formamos as filas e fomos, um por um, fazendo os 110 abdominais. O pior de tudo foi que general Accursius nos fez repetir o exercício três vezes e por isso todos nós, inclusive eu e Constantinus, ficamos muito cansados depois que o exercício acabou. Fiquei pensando sobre a conversa que tive com Constantinus durante o treinamento militar todo porque eu queria descobrir logo qual dos motivos que Constantinus havia dado poderia ser consequência da pergunta de Petronius para o meu pai e realmente aconteceria.

XVII
CONHECENDO UM TIPO DIFERENTE DE ARTE

Logo depois que o treinamento militar terminou, fui até a minha biga com Mauritius e Tullius. Antes de entrar nela, eu disse ao meu criado, que conduziria a biga:

— Senhor, antes de deixar os meus irmãos em casa, me deixe na rua Marte, número 67, por favor.

— Pode deixar. — disse o criado. Então ele conduziu a biga até a casa de Constantinus. Eu estava ansiosa para chegar lá porque eu nunca havia ido à casa de algum amigo sem ser Hadriana antes e, também, nunca havia conhecido a casa de um plebeu. Eu sabia que me atrasaria para a aula, mas estava com muita vontade de visitar a casa de Constantinus.

Alguns minutos depois, cheguei à casa de Constantinus, desci da biga, olhei o número da casa para ter certeza se era aquela mesmo e depois bati na porta. Observei a entrada e vi que não era tão grandiosa quanto a casa de um patrício, mas também não era uma entrada feia, então logo imaginei que a casa por dentro não seria tão ruim. Alguns segundos depois, Constantinus abriu a porta. Ele não estava mais de armadura, estava usando uma toga e não era como a dos meus irmãos ou do irmão da Hadri, era uma mais simples e feita de tecidos mais baratos. Dava para notar logo de cara que não era uma toga feita de seda ou linho.

— Oi, Liv! Que bom que veio! Pode entrar. — disse Constantinus feliz. Entrei na casa. Observei bem a decoração, as paredes e os móveis. Nada dentro da casa era luxuoso, mas eu tive que admitir que era uma casa bonita e bem organizada. Gostei bastante dos vasos que decoravam a sala de estar.

— Que vasos mais caprichados e bonitos! Onde seu pai comprou? — perguntei.

— Na verdade, meu pai quem os fez. Ele é artesão. Aqueles enfeites coloridos espalhados pelas mesas também foram feitos por ele. — disse Constantinus, apontando para os enfeites.

— Você sabe como ele faz essas coisas? — perguntei curiosa.

— Sim. O meu pai primeiramente esculpe a peça que ele vai fazer, depois desenha em volta dela, se a peça for um vaso, e, por fim, ele a pinta. Quando meu pai me contou como ele faz os artesanatos dele, achei muito fácil, mas depois eu fui tentar fazer um junto com ele e foi bem trabalhoso. — contou Constantinus, rindo ao se lembrar.

— Deve ser trabalhoso mesmo porque os artesanatos do seu pai que estou vendo estão bem caprichados e não é todo mundo que consegue fazer uma coisa tão caprichada assim. — comentei impressionada.

— Que bom que você gostou das coisas dele. Eu a chamei para vir aqui na minha casa justamente para você ver os trabalhos dele porque eu logo imaginei que você gostaria. Venha comigo, há mais coisas dele por aqui. — disse Constantinus indo em direção a um quartinho. Quando chegamos lá, vi um monte de artesanatos: vasos, enfeites, esculturas de pendurar, pratos... Fiquei impressionada porque eu nunca havia visto artesanatos antes e quando vi, percebi que era praticamente outro tipo de arte.

— Eu nunca tinha visto artesanatos antes, Cons. Fiquei impressionada. Seu pai gosta do que faz? — perguntei.

— Sim, ele gosta bastante. O meu pai só é artesão porque o tataravô, o bisavô, o avô e o pai dele eram artesãos também. Na plebe, a maioria das profissões é passada de geração a geração. — respondeu Constantinus.

— Então por que você não quer se tornar artesão também, considerando que a maioria dos homens da sua família trabalha como artesão? — perguntei inconformada.

— Bom, a maior parte da minha família é constituída por artesãos, mas não são todos os homens que trabalham com isso. Alguns são soldados e como eu me interesso mais por militarismo do que por artesanato, resolvi ser um soldado. — respondeu Constantinus.

— Eu também gosto muito de militarismo, mas artesanato também é legal. Aliás, artesanato é praticamente um tipo de arte, então seria divertido aprender a fazer. — comentei.

— Sim, Liv, realmente é bem legal fazer artesanatos, mas eu não gostaria de fazê-los para ganhar a vida e, também, os artesãos precisam fazer muitas peças por dia porque as lojas deles geralmente têm muitos clientes. O meu pai, por exemplo, faz quarenta por dia. — disse Constantinus.

— Nossa! É bastante! — comentei impressionada.

— Pois é. Por incrível que pareça, dos quarenta artesanatos que o meu pai faz para vender no dia seguinte, geralmente uns vinte e cinco são vendidos. Às vezes ele vende trinta por dia. — disse Constantinus impressionado ao se lembrar.

— Artesanato vende muito mais do que eu imaginei... — comentei, rindo. Constantinus suspirou e disse:

— Sabe, Liv, eu nunca tive uma amiga tão legal quanto você antes. Você me trata tão bem...

— É lógico que eu o trato bem! Você nunca fez mal nenhum para mim e, também, é meu melhor amigo! — disse, achando estranho aquele comentário.

— Estou dizendo isso porque eu tenho vários amigos e nenhum deles é tão legal quanto você e, no treinamento militar, já tentei fazer amizade com patrícios como você e nenhum deles me tratava como um igual. Eles me tratavam como um ser inferior. — comentou Constantinus triste ao se lembrar.

— Cons, as pessoas são idiotas. São poucas as que sabem ver que uma pessoa pode ser muito mais do que apenas o dinheiro que elas têm. Plebeu ou não, eu seria sua amiga de qualquer jeito.— disse, sorrindo.

— Você não faz ideia de como eu fico feliz com isso. Além de você me tratar bem, você conversa comigo normalmente, me conta histórias e até mesmo veio até minha casa! Que pessoa da sua classe social faz isso? — disse Constantinus inconformado e feliz ao mesmo tempo.

— O que mais importa em uma pessoa não são as riquezas, e sim o coração. Você tem um grande coração, Cons, isso é o que realmente importa. — afirmei. No mesmo momento, Constantinus passou a mão no meu rosto, tirou o meu capacete e me beijou. Assustei-me no primeiro momento, mas depois curti o beijo. Foi uma das melhores experiências da minha vida, mas também uma das mais estranhas porque Constantinus era meu melhor amigo e eu nunca havia imaginado que ele tinha uma queda por mim. Logo depois, Constantinus ficou desesperado e disse:

— Ah, me desculpe, Liv! É que eu sempre tive um sentimento diferente por você... Que besteira que fiz, sou um idiota, o seu pai vai me matar e...

Eu sorri e disse, interrompendo-o:

— Está tudo bem, Cons. Foi um beijo muito bom.

— Que bom que você gostou... — disse Constantinus, rindo.

— Mas eu acho melhor continuarmos sendo melhores amigos. Namorar pode estragar toda a nossa amizade. — afirmei preocupada.

— É verdade. Você tem razão. — disse Constantinus também preocupado.

— Bom agora tenho de ir. Espero que você não esteja bravo comigo. — disse um pouco triste.

— Claro que não estou! Jamais poderia estar! Até mais, Liv! — disse Constantinus, sorrindo e colocando meu capacete de volta.

— Que bom, Cons. Até mais! Vejo você amanhã! — disse, indo embora.

— Até mais, Liv! — disse Constantinus. Antes de sair da casa de Constantinus, eu o abracei. Depois disso, saí da casa dele, entrei na biga que estava me esperando lá fora e fui para casa. Naquele dia, eu tinha tido uma das melhores experiências da minha vida: o meu primeiro beijo. Não imaginei que eu viveria essa experiência com Constantinus, que era meu melhor amigo, mas mesmo assim foi uma experiência ótima. Constantinus e eu preferimos deixar para lá aquele papo de namoro porque não tínhamos idade suficiente para aquilo e resolvemos continuar sendo o que sempre fomos: melhores amigos e companheiros um do outro. Resolvemos agir normalmente como se nada de diferente tivesse acontecido.

XVIII
⚱ TUDO POR UMA COROA ⚱

No dia seguinte, um tempo depois, o treinamento militar terminou. Despedi-me de Constantinus e fui com meus irmãos até uma biga, que tinha vários cavalos e um dos nossos criados para conduzi-la e que nos levaria até em casa. Percebi que meus dois irmãos estavam bem cansados por conta do treinamento.

— Venceram alguma luta hoje? — perguntei.

— Apenas duas. — respondeu Tullius.

— Apenas uma. — respondeu Mauritius. Eu ri e disse:

— Não se preocupem, é só se concentrar mais na hora da luta que vocês melhoram. — Cinco minutos depois, chegamos em frente a nossa casa, descemos da biga e entramos em casa. Depois de entrarmos, eu fui pegar um livro de ciências para ler, Mauritius foi pintar na sala de estar e Tullius foi observá-lo, como de costume. Eu ouvi um barulho, mas nem me importei, continuei lendo o meu livro. No mesmo momento, ouvi também gritos dos meus irmãos, barulhos de espadas e socos na parede que vinham da sala de estar. Assustei-me, peguei minha espada e meu escudo, fui até lá e disse:

— Mauri? Tul? O que está acontecendo? — No mesmo momento, vi meus dois irmãos no chão sangrando. Parecia que alguém havia furado a barriga deles com uma grande espada. Me desesperei.

— Meus deuses! Quem fez isso com vocês? — perguntei, chorando e desesperada. Falando baixo e quase sem fôlego nenhum, Mauritius disse:

— Foi o tio Petronius. Ele simplesmente chegou, nos socou no rosto e na barriga, depois enfiou a espada dele no Tullius e em mim. — "Por isso o tio Petronius queria os nossos horários! Para saber quando estaríamos em casa, assim, ele mataria os meus irmãos sem testemunhas!", pensei. No mesmo momento, saí correndo para a cozinha, fui até um dos meus criados e disse em voz alta e chorando desesperadamente:

— Senhor! Senhor! Por favor, leve-nos de biga até um valetudinário! Rápido!

— Mas valetudinários são hospitais militares, senhorita. — disse o criado.

— Não importa! Leve-nos no melhor da cidade! Rápido! Vamos! — O criado então foi até fora de nossa casa preparar os cavalos e a biga e eu fui arrastando os meus dois irmãos com toda a força até a porta, que estava aberta, por sorte. O criado notou minhas dificuldades para levar meus dois irmãos ao mesmo tempo e disse:

— Deixe que eu leve um de seus irmãos até a biga.

— Muito obrigada! — disse, aliviada por alguém ter oferecido ajuda.

— Não precisa me agradecer. — respondeu o criado surpreso por eu ter agradecido a ajuda dele. Ele então pegou Tullius no colo e o levou até a biga. Eu peguei Mauritius no colo e o levei até lá também, mas não andei tão rápido porque fiquei com medo de derrubá-lo e também porque ele era um pouco pesado. Chegando até a biga, o criado deitou Tullius no lugar onde os passageiros ficavam, depois deitou Mauritius ao lado dele; eu subi na biga e fiquei ao lado deles. O criado começou a conduzir a biga em direção ao valetudinário, como eu havia pedido, mas eu sabia que não seria uma viagem tão rápida porque os valetudinários geralmente não ficavam tão próximos da cidade. Fiquei com muito medo porque eu não sabia se daria tempo dos meus irmãos serem salvos.

— Liv... Se eu morrer, por favor, peça para o pai não destruir minhas esculturas. Diga a ele que esse é o meu único desejo. — disse Tullius, chorando.

— Pode deixar, Tul. — respondi também chorando. Eu não me acalmaria até chegar com os meus irmãos vivos até o valetudinário. Rezei para Vesta, pedindo a ela que protegesse os meus irmãos e que eles sobrevivessem, e também rezei para Apolo, pedindo a ele que, caso Tullius morresse, meu pai não destruísse as esculturas dele ao descobrir sobre a existência delas. Eu estava em pânico, queria apenas que o criado chegasse logo ao valetudinário para que eles cuidassem dos ferimentos dos meus irmãos e os salvassem da morte.

— Não dá para ir um pouco mais rápido? — perguntei com muito medo de que não chegássemos ao valetudinário com os meus irmãos vivos.

— Desculpe-me, senhorita. Estou fazendo o melhor que posso, a biga não consegue ser conduzida mais rapidamente, os cavalos já atingiram o máximo de velocidade que conseguem. — respondeu o criado triste. Percebi que meus irmãos só pioravam a cada minuto. Eles estavam morrendo.

— Liv... Desista. Não vai dar tempo de chegarmos ao, ao... valetudinário. Já estamos no... fim da linha. — disse Mauritius quase sem fôlego nenhum, assim como Tullius.

— Eu não vou desistir enquanto vocês dois ainda estiverem respirando! Eu não posso e não vou fazer isso! — afirmei, chorando e passando a mão no rosto de Mauritius.

— Tul, o tio Petronius disse alguma coisa a vocês depois que tentou matá-los? — perguntei, limpando as lágrimas que caíram dos meus olhos.

— Sim... Ele disse assim: "Agora meu filho vai poder ser César de uma vez por todas!". Não me pergunte o... porquê de ele ter... dito isso, porque eu não... sei. — respondeu Tullius. "Idiota! Então o tio Petronius tentou matar os meus irmãos só para o Cornelius ter uma chance de ser César? Não acredito! Como ele pôde fazer uma coisa dessas?!", pensei furiosa. No mesmo momento, Tullius tossiu, sorriu e disse:

— Liv, você é... a melhor irmã que alguém... poderia ter. Cuide bem do pai... E da Estela. Espero que eu possa... encontrar nossa mãe... lá nos Campos Elísios. — Tullius então parou de respirar, de se mexer e de sangrar. Meu irmão havia morrido. Eu gritei, chorando desesperada:

— Tullius! Não faça isso comigo! Por favor! Não! — Fiquei arrasada naquele momento. Apesar de tudo, eu amava o meu irmão e queria o melhor para ele. Nunca imaginei que ele morreria tão cedo e na minha frente.

— Bom, pelo menos você está vivo, Mauri. — disse virando a cabeça em direção a Mauritius, que estava ao lado esquerdo de Tullius. Infelizmente eu devo ter perdido alguma coisa, porque quando eu olhei para Mauritius, ele havia parado de se mexer e sangrar, estava pálido e morto. Imaginei que Mauritius deveria ter morrido enquanto Tullius estava falando comigo. Eu não tinha certeza nenhuma de quando Mauritius havia morrido, a única coisa que eu sabia é que as esperanças haviam acabado. Meus dois irmãos estavam mortos.

— Você também, Mauri?! Não acredito! Isso não pode ser verdade! Por que, meus deuses?! Por que vocês levaram os meus dois irmãos embora?! Por quê?! — No mesmo momento, vi o fantasma de Augusto em frente a uma construção. Ele ajeitou sua toga e disse:

— Você não chorará por muito tempo, Livia. O destino tem planos para você.

— O quê?! Como assim?! — perguntei inconformada. Mas Augusto não me disse nada e simplesmente desapareceu. Fiquei ainda mais furiosa e triste.

— Senhor, meus irmãos morreram. Não iremos mais ao valetudinário, então nos leve ao Senado. É para lá que quero ir. — disse, ainda chorando. "Deve ter sido uma morte bem dolorosa para o Tul e o Mauri porque eles não morreram instantaneamente. Eles sangraram até a morte.", pensei horrorizada.

— Como quiser, senhorita. — disse o criado, mudando o curso da biga e nos levando em direção ao Senado, que não estava muito longe. Eu queria ir até o Senado porque Estela e meu pai estavam lá e, em minha opinião, eles deveriam ser os primeiros a saber sobre a morte dos meus irmãos.

Vinte minutos depois, finalmente chegamos ao Senado. Havia dois guardas usando roupas militares e segurando lanças em frente ao Senado, então eu fui até um deles e disse:

— Senhor, onde está o César? Eu gostaria de vê-lo. — O guarda franziu a testa, apontou sua lança para mim e me disse:

— Quem é você, garota? O que quer com o nosso César?

— O meu nome é Livia e sou filha do nosso César. Por favor, chame-o, preciso vê-lo urgentemente. — disse, ainda chorando um pouco. O guarda respirou fundo e entrou no Senado. Esperei uns três minutos e depois o guarda voltou com meu pai a seu lado e mais três guardas, que deveriam estar dentro do Senado. Quando meu pai me viu, ficou em choque. Além de eu nunca ter ido até o Senado para dizer a ele alguma coisa antes, eu estava chorando. Minha maquiagem borrada de tanto chorar deve ter assustado meu pai mais ainda. Meu pai engoliu em seco e disse:

— Liv? O que você está fazendo aqui? O que houve? — respirei fundo para não começar a chorar e gritar e disse:

— O Tul e o Mauri... Eles... Eles... Eles... — Meu pai percebeu que eu estava muito nervosa, então ficou mais assustado ainda e disse aos guardas:

— Guardas, deixe-nos a sós, por favor. — Os guardas então voltaram para dentro do Senado e os que estavam fora se afastaram de nós porque perceberam que também estavam nos atrapalhando.

— Pode falar. — disse meu pai.

— Pai, lembra que o tio Petronius perguntou para você os horários das atividades que os meus irmãos e eu realizamos? — perguntei.

— Sim. — respondeu meu pai.

— Então, o tio Petronius só fez isso para conseguir achar um horário livre na nossa agenda, invadir a nossa casa e... matar o Tul e o Mauri. No momento em que eu os vi deitados no chão da sala sangrando, desesperei-me e pedi para um dos nossos criados nos levar para um valetudinário porque imaginei que lá eles cuidariam dos dois, mas não deu tempo de chegar até lá. Os dois morreram no meio do caminho. — contei, chorando mais ainda. Meu pai se desesperou na hora, começou a chorar também e depois disse:

— Canalha! Não acredito que o meu irmão fez isso! Vou pedir para que me tragam a cabeça dele em uma bandeja amanhã! Onde estão os dois?

— Na biga com o nosso criado, que foi muito gentil em me ajudar a colocar o Mauri e o Tul na biga e tentar nos levar até o valetudinário. — respondi, apontando na direção da biga. Meu pai foi depressa até lá, ajoelhou-se e observou os meus dois irmãos mortos na biga. Chorou ainda mais.

— Eu não acredito nisso! Não pode ser! Por que, meus deuses?! Por quê?! — disse meu pai muito triste.

— Antes de morrer, o Tul me disse que quando o tio Petronius enfiou a espada nele e depois no Mauri, ele disse assim: "Agora o meu filho vai poder ser César de uma vez por todas!". — falei.

— O quê?! Então ele só matou os meus filhos para eliminá-los da linha de sucessão do meu trono para o filho dele ter chance de ser César?! Idiota! Bastardo! Nunca que aquele moleque incompetente e filho do Petronius será meu sucessor! Não depois disso! — afirmou meu pai furioso.

— Mas pai, o Cornelius não tem culpa de nada disso. Ele não é nenhum conspirador e tem apenas 7 anos. — disse.

— Não importa! Quem arruinou a chance dele de ser César foi o pai dele! Deixarei bem claro que quero Lucius Cornelius Regillus fora da linha de sucessão do trono! — afirmou meu pai, que, logo em seguida, disse:

— Me recuso a ficar ouvindo babacas do Senado falar nesse dia de luto! Suspenderei a minha reunião com o Senado hoje. Espere ao lado da biga, Liv, já volto. — Meu pai entrou no Senado e falou com um dos homens que estavam lá dentro para cancelar a reunião. Logo depois, chamou Estela e ela veio até a biga junto com ele e, no caminho, ele foi contando toda a história a ela. Estela pôs as duas mãos no rosto arrasada. Ela começou a chorar e disse:

— Tul! Mauri! Eu não acredito! Quem fez isso com os meus meninos, Liv?

— O tio Petronius. Ele matou os dois apenas para dar uma chance ao Cornelius de ser César, de ser o sucessor do pai. — respondi.

— Que horror! Que imbecil! Tomara que ele morra! — disse Estela, chorando muito e, ajoelhada, olhando para os meus dois irmãos mortos na biga. Estela passou a mão no rosto de Mauritius e depois no rosto de Tullius. Percebi que ela estava arrasada. Meu pai e eu também estávamos.

— Vamos voltar para casa. Não quero que ninguém saiba da morte dos meus filhos até que eu me acalme. E também precisamos esperar uns dois dias para enterrá-los e quero que, nesses dois dias, meus filhos estejam comigo em casa. — disse Estela, chorando e subindo na biga.

— Entendi. Vamos fazer isso, mas vamos precisar de outra biga porque não cabe mais do que três pessoas dentro de uma. — afirmou meu pai, indo até um dos guardas do Senado.

— Por favor, você pode pegar uma biga a mais para nós? — perguntou meu pai.

— Sim, César. Vou buscar a biga já. — respondeu o guarda, desaparecendo. Meu pai esperou dez minutos e o guarda voltou com uma biga que só mesmo os deuses sabiam de onde ele tirou. Bom, mas meu pai era o César, então mesmo que o guarda tivesse de ir até a Germânia Superior para trazer a biga, não importava, o que importava era que ele conseguisse trazer a biga que meu pai pediu de alguma maneira.

— Flavius, você vai na outra biga com a Liv que eu vou nessa com os meninos. Pode ser? — perguntou Estela, já indo em direção à biga onde os nossos irmãos estavam deitados mortos, mas antes de subir na biga, Estela disse, indo atrás de mim:

— Liv, espere! — Eu estava indo em direção a outra biga, mas parei de andar, virei-me para e Estela e disse:

— Pode falar. — Estela se aproximou de mim e disse, ainda chorando um pouco:

— Você fez muito bem de ter levado os seus irmãos ao valetudinário. Parabéns!

— Mas eles morreram no meio do caminho, nem chegamos até o valetudinário... — disse triste ao me lembrar.

— Não importa. O importante é você ter tido a intenção de levá-los até lá, até porque poucas pessoas teriam pensado nisso, pois o valetudinário atende apenas militares feridos, mas você sabia que os médicos de lá também socorreriam os seus irmãos porque eles estavam com um ferimento parecido com um de guerra. Parabéns, você fez a coisa certa. — disse Estela, indo para a biga enquanto fui para a outra. No mesmo instante, as duas bigas partiram em direção à nossa casa no Monte Palatino. Tanto meu pai e Estela quanto eu choramos no caminho pela morte de Tullius e Mauritius. Aquele dia foi um dos mais tristes da minha vida.

XIX
🏛 UM PLANO SURGE DA MORTE 🏛

Alguns minutos depois, finalmente as bigas chegaram em frente a nossa casa. Meu pai carregou Tullius no colo até dentro de casa e Estela, Mauritius. Os dois foram colocá-los em um quarto que eles achavam que estava vazio, mas na verdade estava com as esculturas de Tullius. Quando meu pai abriu a porta e viu tudo aquilo, disse:

— O quê?! O Tullius esculpia escondido?! Como ele ousava fazer isso?! Não acredito! Depois vou pôr um fim nessas esculturas! — No mesmo momento, fiquei desesperada, comecei a chorar ainda mais, entrei na frente do meu pai e disse com as mãos entrelaçadas:

— Pai, não faça isso! No caminho para o valetudinário, o Tul disse que se ele morresse, a única coisa que ele queria que você fizesse era não destruir as esculturas dele! Como ele morreu, vamos honrar o pedido dele! Por favor!

— O Tul pediu isso? Então ele realmente devia amar esculpir, eu tirei isso dele e ele teve de fazer isso escondido. Fui um idiota de ter feito isso, ele tinha tanto talento... — disse meu pai triste e observando as esculturas de Tullius.

— Não se preocupe. O importante é que você concordou em honrar o pedido dele. — disse. No mesmo momento, meu pai me disse:

— Liv, você precisa ver uma coisa. Venha comigo!

— Para onde, pai?! — perguntei.

— Você já vai entender. Venha comigo! — disse meu pai, levando-me até um quartinho que existia bem no fundo da nossa casa, que tinha uma penteadeira, algumas facas e lâminas e uma cadeira laranja. Meu pai fechou a porta do quarto. Tinha bastante iluminação lá dentro. Achei estranho meu pai ter me levado até lá.

— Pai... O que estamos fazendo neste quartinho? — perguntei.

— Sente-se em uma cadeira primeiro. — respondeu meu pai. Sentei na cadeira como ele pediu.

— Então, eu a trouxe aqui para dar uma chance para você. Como o Tul morreu, ele já perdeu essa chance e eu tenho um jeito de dá-la a você. — afirmou meu pai, pegando uma faca e uma lâmina na mão.

— Chance do quê? — perguntei.

— De se tornar César depois que eu morrer. Com a morte dos seus irmãos, você tem a chance de realizar o seu sonho. — respondeu o meu pai.

— Eu não estou entendendo... — disse.

— Liv, ninguém ainda sabe que os seus irmãos morreram. E quando souberem, se você concordar com o que vou fazer, vão achar que você e Mauritius morreram e não que Tullius e Mauritius morreram. — disse meu pai. Senti naquele momento que havia acabado de desvendar o que meu pai estava querendo fazer.

— Espere um minuto! Realizar meu sonho, dizer que morri, lâminas e facas na sua mão... Você vai me transformar em um menino! Você vai me transformar no Tullius! Sendo seu filho mais velho e um menino, quando você morrer, terei a grande chance de ser o novo César de Roma! — disse, pensando no que meu pai pretendia fazer.

— Muito bem. Você é realmente muito inteligente. Mas o meu plano só pode ser realizado com uma condição: se você aceitar ser um menino durante a sua vida inteira e, para isso, você vai ter de mudar de professor particular, de lugar onde faz treinamento militar e adotar um novo visual para começar uma nova vida com a sua nova identidade. Resumindo, a partir do momento em que eu tocar essas lâminas e facas no seu cabelo, você não será mais a Livia Regilla, que todos acreditarão que está morta, e sim Marcus Tullius Regillus, o seu irmão mais velho. Como o Tullius é o meu filho mais velho, ele é quem mais tem chance de virar César no mundo. — disse meu pai.

— Então você vai praticamente me fazer morrer e nascer de novo para poder me tornar César? Aqui e agora? — perguntei um pouco assustada, mas ao mesmo tempo empolgada.

— Sim. A única coisa que você tem de fazer é uma escolha. — afirmou meu pai.

— Qual escolha exatamente? Como assim? — perguntei ainda um pouco confusa.

— É o seguinte: Liv, você escolhe ser uma menina ou você escolhe Roma? — perguntou meu pai. A minha resposta era óbvia e ele sabia disso.

— É claro que escolho Roma! — respondi. Naquele dia, percebi que tragédias podem ter dois lados. Quando senti a lâmina cortando minha primeira mecha de cabelo, percebi que uma nova fase da minha vida havia começado. Quanto mais as minhas mechas de cabelo caíam, mais próxima eu ficava da nova fase da minha vida. Quanto mais aquela lâmina e aquela faca encostavam e cortavam o meu cabelo, mais próximo de se tornar realidade chegava o meu sonho. Eu nunca imaginei que a morte dos meus irmãos me deixaria perto de me tornar César. Senti naquele momento que finalmente o meu sonho poderia deixar de ser apenas um sonho. Naquele momento, a tristeza me deixou e a alegria entrou em mim. Quanto mais curto meu cabelo ficava, mais eu ficava parecida com Tullius e meu sonho ficava mais perto de se tornar realidade. "Agora eu finalmente entendi o que Augusto quis dizer no outro dia sobre talvez não ser necessária uma exceção para eu me tornar César! É porque ele sabia que eu me tornaria um menino!", pensei. "Entendi também o porquê de Augusto ter me falado que o destino tinha planos para mim! Ele quis dizer que a morte de meus irmãos, ao mesmo tempo em que me faria triste, também me deixaria perto de realizar meu sonho!", pensei. Finalmente entendi as coisas que Augusto havia me dito.

Alguns minutos depois, meu pai terminou de cortar os meus cabelos. Eu me olhei no espelho e sorri. Eu estava idêntica ao meu irmão, só que com maquiagem. Antes, o meu cabelo vinha quase até a metade das minhas costas, agora, ele estava dois centímetros acima da minha nuca, ou seja, bem curto. Até aquela pequena franja que Tullius e os meninos romanos em geral usavam meu pai fez em mim. Meu pai havia cortado o meu cabelo e a minha franja muito bem.

— Onde você aprendeu a cortar cabelo tão bem? — perguntei impressionada.

— Copiei as táticas do meu barbeiro. Liv, vá lavar o seu rosto e tire toda essa maquiagem. As pessoas não vão gostar de ver um menino assim.

— disse meu pai. Eu fui lavar o meu rosto no banheiro e tirei quase toda maquiagem do meu rosto. Depois lavei de novo para tirar o pouco que sobrou. Estranhei bastante quando me olhei no espelho, eu parecia outra pessoa. Na verdade, eu ficava muito parecida com o meu irmão quando eu tirava a minha maquiagem. Depois de enxugar o meu rosto, voltei para o quartinho onde estava. Vi que meu pai estava juntando, recolhendo e jogando fora os meus cabelos do chão.

— Pronto, pai. O que achou? — perguntei, com medo do que ele diria.

— Você está bem bonita. Prefiro você sem maquiagem. — respondeu meu pai, sorrindo.

— Obrigada! — respondi.

— Agora prove essa roupa que peguei no guarda-roupa do Tul. Quero ver como você vai ficar nela. — disse meu pai, dando-me a roupa. Fui até meu quarto e coloquei a roupa, que era uma toga branca e verde. Depois coloquei as sandálias, que faziam parte do conjunto. Retornei ao quartinho no mesmo momento em que acabei de trocar de roupa.

— Gostou das minhas roupas e das minhas sandálias? — perguntei.

— A toga ficou um pouco grande para você e as sandálias também, mas eu pedirei para que façam várias roupas de menino do seu tamanho, não se preocupe. — respondeu meu pai.

— Pai, esqueci de perguntar uma coisa para você: por que o seu barbeiro deixou as coisas dele na nossa casa? — perguntei confusa.

— Ele veio me barbear antes de ontem às três horas da tarde e esqueceu-se de levar as coisas dele, mas tenho certeza de que ele vai voltar para pegá-las em breve. — respondeu meu pai. No mesmo momento, Estela viu que a porta do quartinho onde estávamos estava aberta e entrou nele. Quando Estela me viu com as roupas de Tullius e de cabelo curto, ela se assustou. Percebi que Estela estava muito confusa porque, além de não fazer ideia do porquê eu estar daquele jeito, ela também não sabia qual era o motivo de meu pai e eu estarmos naquele quartinho.

— O que é isso?! Livia, por que você está sem maquiagem, vestida com as roupas do seu irmão e de cabelo curto?! O que está acontecendo aqui?! — perguntou Estela assustada.

— Estela, Liv e eu resolvemos que, em vez de anunciar que o Tul e o Mauri morreram, vamos dizer que a Liv e o Mauri morreram e, para isso, a Liv tem de se transformar no Tul, o que já fizemos. — respondeu meu pai.

— O quê?! Por que você fez isso?! Que absurdo! — perguntou Estela totalmente confusa.

— Não sei se você já sabia, mas o grande sonho da Liv há anos é ser César um dia e para isso ela precisa ser um menino. Como o Tullius era o menino mais velho da família, ele tinha muito mais chance de ser César. Também será mais fácil de acreditar que a Liv é o Tul do que acreditar que ela é o Mauri porque o Tul tinha a mesma idade que a Liv e se parecia mais com ela. — disse meu pai.

— Então a Liv vai ter de fingir agora a vida inteira que está morta e que é o Tul só para poder se tornar César?! Mas... Você não se incomodaria em viver toda a sua vida fingindo ser uma pessoa que você não é, Liv? — perguntou Estela inconformada.

— Pode até parecer loucura, Estela, mas vou lhe dizer a verdade: eu faria qualquer coisa no mundo para me tornar César de Roma um dia ou pelo menos para tentar. Se eu não conseguir ser César, eu ao menos vou poder ser livre! Estudar de um modo mais aprofundado e arrumar o emprego que eu quiser, coisas que mulheres não podem fazer! — respondi.

— Meus Deuses... Você e o seu pai são mesmo loucos. Mas tudo bem, eu não ligo se vocês quiserem mesmo fazer isso. — comentou Estela inconformada e saindo do quartinho.

— Será que a Estela ficou muito brava comigo por eu ter me transformado no Tul? — perguntei.

— Ela não ficou brava, mas ficou bem assustada. Acho que ela vai demorar um pouco para se acostumar com a ideia de que você é o Tullius agora. Também vai demorar para entender a importância de eu ter transformado você no Tullius para o seu sonho se tornar realidade. — respondeu meu pai.

— É verdade. — disse.

— Bom, Liv, agora você oficialmente não é mais você. Fico triste com isso, mas eu faria qualquer coisa para ajudá-la a realizar o seu sonho. — disse meu pai. Abracei meu pai depois de ouvir aquilo.

— Muito obrigada por fazer isso por mim. Nunca achei que teria um pai tão legal quanto você. — disse emocionada.

— Obrigado. Também nunca achei que teria uma filha tão legal quanto você. — disse meu pai. Sorri para ele e fomos para a sala de estar juntos. Já estava ficando tarde e era quase a hora de nossa *cena*, a refeição mais importante do dia e que deveria acontecer às quatro horas da tarde. Eu nem estava pensando na *cena*, eu só conseguia pensar na nova fase da minha vida que havia começado, no novo eu que havia nascido. Eu ficava imaginando todas as oportunidades que se abririam para mim agora que era um menino e poderia fazer qualquer coisa que eu quisesse. Também ficava imaginando como seria se o meu sonho realmente se realizasse algum dia.

XX
O ENTERRO

No dia seguinte, de manhã, logo depois do *jentaculum*, meu pai e eu fomos até o quartinho onde os corpos de Mauritius e Tullius estavam. Naquele dia, aconteceria o enterro dos meus irmãos e nós precisávamos dar um jeito de disfarçar o Tullius de menina e meu pai parecia já saber como.

— Liv, posso pegar uma das suas togas para colocar no Tullius? — perguntou meu pai.

— Claro que sim. Acho melhor você pegar uma das minhas togas verde-escuras porque o Tul fica bem com essa cor. — respondi.

— Você quem sabe. — disse meu pai, indo até meu quarto. Alguns segundos depois, meu pai voltou com uma toga minha. Ela era curta, verde-escura, feita de linho e tinha alguns detalhes em dourado.

— Pode ser essa? — perguntou meu pai.

— Sim. — respondi.

— Então me ajude a tirar as roupas do Tul. Vamos colocar essa sua toga verde nele agora. Tomara que ela sirva no corpo dele... — disse meu pai. Eu tirei a toga de meu irmão e meu pai tirou as túnicas dele, roupas que geralmente ficam por baixo das togas. Eu chorei quando vi a mancha de sangue na parte superior da toga, onde Petronius havia acertado Tullius. Por fim, o meu pai tirou as sandálias de Tullius. Logo depois, ele colocou a minha toga em Tullius.

— Liv, você não acha necessário colocar no Tul, além de uma de suas togas, também um *estrófio* seu? — perguntou meu pai. Para quem não sabe, *estrófio* era um cinturão de couro que as mulheres usavam em torno do peito e sobre a túnica interior. Mesmo que o meu pai não tenha citado *subligáculos*, para quem não sabe, isso era um calção que tanto homens quanto mulheres usavam para cobrir as partes íntimas.

— Você está maluco?! Que exagero! — disse inconformada.

— Bom, falando nisso, mesmo que você seja um menino agora, lembre-se que você ainda precisa usar sempre um *estrófio*. — comentou meu pai.

— Isso é verdade. Aliás, é bom mandarmos fazer *estrófios* para mim de cores neutras para que eu possa usar embaixo das minhas novas roupas sem ninguém ver. — disse.

— Bem lembrado, Liv. Vou mandar fazer alguns *estrófios* de cor neutra para você na semana que vem. — afirmou meu pai.

— Ah! Pai, falando em lembrar de coisas, precisamos maquiar o Tul! Quer que eu faça isso? — perguntei.

— Sim, é claro. — respondeu meu pai. Então fui até o banheiro, trouxe meus objetos de maquiagem e comecei a maquiar o Tullius. Percebi que Tullius ficou bastante parecido comigo com a maquiagem. Enquanto eu maquiava Tullius, Estela apareceu e disse:

— Pessoal, vamos! Temos de enterrar os meninos! Os homens que estão com a carruagem e os caixões já estão nos esperando!

— Espere só um minuto, Estela! — disse meu pai. No mesmo momento, terminei de maquiar Tullius e disse:

— Tudo pronto. O Tullius está uma menina perfeita. O único problema é que não temos como fazê-lo ter cabelo comprido...

— Não tem problema ele não ter cabelo comprido, isso é apenas um detalhe. A parte mais importante nós já fizemos. Agora temos de levar os meninos para fora. — disse meu pai pegando Tullius no colo. Estela pegou Mauritius no colo. Eu fui atrás de meu pai e Estela, sem carregar ninguém. Depois que saímos de casa e fomos a pé até as carruagens, um dos homens disse:

— Sua filha é esquisita, César. — Meu pai socou o rosto do homem e disse:

— Eu só não vou mandar matá-lo porque esse é um dia de luto, mas se você insultar a minha finada filha mais uma vez, eu acabo com a sua raça! — O homem se assustou e disse:

— Perdão, César. Vou colocar a sua filha no caixão e depois colocarei o seu filho. — Foi exatamente o que o homem fez. Depois que ele colocou

Tullius e Mauritius nos caixões, pôs os caixões com os dois dentro na carruagem, entrou lá e disse:

— Venham, eu os ajudo a entrar na carruagem. — O homem então ajudou meu pai, Estela e eu a subirmos, depois sentou no seu devido lugar, que era na parte exterior, balançou a corda que prendia os cavalos e eles começaram a andar. O homem estava nos levando a um lugar onde faríamos o funeral dos meus dois irmãos. Meu pai tinha certeza que muitas pessoas estariam lá para assistir ao funeral, tanto patrícios quanto plebeus, e isso o incomodava muito porque ele não queria que o funeral dos meus irmãos estivesse abarrotado de gente. Mas como éramos a família mais importante da cidade, todos os romanos gostavam de nos ver quando desfilávamos por Roma, de presentear-nos quando alguém da família fazia aniversário e presenciar nossos ritos, mesmo que sejam funerários. Fiquei me perguntando se Constantinus estaria no funeral e a reação dele ao ouvir a notícia de que eu havia morrido. Também fiquei imaginando se Constantinus me reconheceria mesmo que me visse sem maquiagem e disfarçada de Tullius.

Alguns minutos depois, finalmente chegamos ao lugar onde enterraríamos os meus irmãos. Descemos da carruagem e o homem que a estava conduzindo desceu dela também e retirou os dois caixões com Mauritius e Tullius dentro. Primeiramente seriam feitos os ritos funerários e, depois, Mauritius e Tullius seriam enterrados nas catacumbas. Meu pai viu que estava cheio de gente, como ele havia previsto. Observei que a quantidade de plebeus e patrícios estava quase equivalente e também vi que todas as pessoas que estavam lá seguravam velas e também flores. Achei muito bonito as pessoas trazerem velas e flores para homenagear os meus irmãos. Algumas pessoas também trouxeram alimento para colocar em cima do túmulo. Os homens que estavam lá começaram a cavar a terra para enterrar os meus irmãos e, logo após o enterro, os ritos funerários aconteceriam. Os ritos eram tão longos que acabavam apenas no nono dia após o enterro.

Um tempo depois, os homens finalmente acabaram de cavar a terra e enterraram os caixões com os meus irmãos dentro na catacumba subterrânea, que era exclusiva da nossa família. Lá estavam enterrados os meus avós, bisavós e outros parentes que haviam morrido antes de Mauritius e Tullius. Meu pai, Estela e eu começamos a chorar novamente. Outras pessoas também estavam chorando, principalmente Hadriana e Constantinus, que estavam bem perto de nós. Fiquei triste pelos dois porque eles estavam acreditando que eu estava morta.

— Livia Regilla e Decimus Mauritius Regillus foram enterrados. Agora, daremos início aos ritos. — anunciou um dos homens que enterrou Tullius e Mauritius. Hadriana e Constantinus choraram ainda mais quando o homem disse isso. Enquanto os homens estavam realizando o início dos ritos funerários, comecei a pensar na nova fase da minha vida. Se eu me tornasse César, faria com que a morte dos meus irmãos não fosse em vão. Em certo momento do funeral, vi Augusto no meio daquela multidão. Ele estava próximo do pai de Hadriana.

— Eu não disse que o destino tinha planos para você, Livia? Agora, como um menino, você poderá ser e fazer qualquer coisa, poderá até mesmo realizar seu sonho! Quando o seu pai morrer e você se candidatar para ser César, tomara que escolham você, porque eu estarei torcendo para isso! — disse Augusto feliz por mim. Sorri para Augusto e ele desapareceu no mesmo momento.

— Por que o irmão da Liv me parece tão diferente? — disse Constantinus para si mesmo e em tom baixo. Assustei-me com o que Constantinus disse e fiquei com medo de que ele me reconhecesse, porque se isso acontecesse, eu não fazia ideia de como ele reagiria e do que seria capaz de fazer, por mais que fosse o meu melhor amigo. Percebi também que Hadriana me olhou estranho alguns momentos depois que Constantinus disse aquilo. Também fiquei assustada, mas eu tinha certeza de que caso Hadriana descobrisse a verdade sobre mim, ela guardaria o meu segredo porque era minha melhor amiga desde que éramos crianças, sempre foi muito leal a mim e nunca me decepcionou.

Várias horas depois, os ritos funerários daquele dia haviam acabado. Por mais que eu estivesse muito feliz por poder ter a chance de realizar meu sonho usando o meu disfarce de Tullius mesmo tendo que levar uma vida dupla, eu também estava muito triste porque eu amava os meus irmãos e nunca desejei a morte deles. Meu pai estava na mesma situação que eu: feliz por eu ter uma chance de crescer na vida e de realizar o meu sonho, mas também triste porque meus irmãos haviam morrido. Alguns minutos depois, finalmente chegamos em casa e o homem que nos levou até lá foi embora com sua carruagem. Fiquei pensando em como eu faria para as pessoas acreditarem que eu era Tullius, mas depois de um tempo pensando nisso, conclui que não seria tão difícil se eu não bobeasse em nenhum momento, ou seja, falar com as pessoas usando minha voz normal ou fazer poses típicas de menina em público, como, por exemplo, colocar as mãos na cintura ou cruzar as pernas. Eu teria de interpretar muito bem o papel de homem para as pessoas acreditarem que eu era um, mas, como eu já disse, isso não era desafio para mim.

XXI
HADRIANA ME SURPREENDE E EU RECEBO UM BILHETE

Dias depois do enterro, quando todos os ritos funerários terminaram, eu estava vestida com uma armadura pronta para ir ao treinamento militar. Eu não treinaria mais no mesmo lugar, eu iria em outro centro de treinamento militar de Roma, mas ainda não sabia qual. Em um certo momento, bateram na porta e eu a abri. Quando vi quem era, eu disse, fingindo uma voz um pouco grossa:

— Oi, Hadriana. O que você faz aqui?

— Não tente me fazer de trouxa! Você pode ter enganado várias pessoas, mas não me enganou! Não sei se fico feliz por você estar viva ou brava por você ter me enganado... — disse Hadriana muito brava.

— Do que você está falando? — perguntei, ainda fingindo uma voz grossa.

— Não se faça de idiota! Eu sou sua melhor amiga e a conheço de longe! Só porque vestiu uma toga de um menino, cortou o cabelo e tirou a maquiagem, não quer dizer que eu não saiba que é você, Livia! — disse Hadriana ainda brava. Percebi que teria de contar a verdade a ela, mas eu estava com medo de fazer isso.

— Vamos dar uma volta para você se acalmar. — disse, saindo de casa. Hadriana me seguiu. Hadriana e eu fomos dar uma volta no Monte Palatino enquanto conversávamos.

— Liv, você não precisa me esconder nada. Eu sei que é você. Fico muito feliz que você esteja viva. — disse Hadriana, sorrindo.

— Como você me reconheceu? — perguntei, já não fazendo mais voz grossa.

— Então, ontem, eu estava chorando muito porque eu fiquei arrasada ao ouvir a notícia de que você tinha morrido e quando eu dei uma olhada em você, percebi na hora que você definitivamente não era o Tullius, depois olhei novamente e percebi que você era a Livia. Quando percebi isso, fiquei furiosa porque você havia me feito acreditar que você estava morta! — disse Hadriana inconformada.

— Me desculpe, Hadri. É que fiquei com medo que você contasse a alguém ou surtasse se eu dissesse para você que eu estava disfarçada de Tullius. — disse, triste por ter mentido a Hadriana.

— Você pirou? É claro que eu não ia contar a ninguém! Eu sou sua melhor amiga há anos e você sabe que quando você me pede para não contar alguma coisa a ninguém, eu não conto! Como você pôde pensar que eu contaria a alguém que você está disfarçada de Tullius? — disse Hadriana ainda inconformada.

— É verdade. Me desculpe por ter mentido. — falei arrependida.

— Está tudo bem. Agora a pergunta que não quer calar: por que, em nome dos deuses, você está disfarçada de Tullius? — perguntou Hadriana confusa.

— Bom, é uma longa história. — respondi.

— Me conte. — pediu Hadriana.

— Ontem, os meus dois irmãos foram assassinados pelo irmão do meu pai, Petronius, e eu fui correndo avisar o meu pai e a Estela no Senado. Os dois resolveram ir para casa comigo e com os corpos dos meus irmãos, que estavam na biga onde vim. Depois que chegamos em casa, meu pai teve uma ideia, que foi me transformar no Tullius e fingir que eu morri em vez dele. Meu pai disse que queria fazer isso para me ajudar a realizar o meu sonho de ser César um dia porque homens podem virar César, mas mulheres não. Obviamente, depois que meu pai disse isso, aceitei na hora e agora não sou mais a Livia, sou o Tullius. — contei feliz ao me lembrar.

— Então o seu pai aproveitou a morte do seu irmão para ajudar você a realizar o seu sonho um dia, ou seja, fez todos acreditarem que você morreu e o transformou no seu irmão mais velho? Que ideia genial! Adorei! — comentou Hadriana impressionada.

— Que bom que você gostou da ideia. Mas como eu já disse, você não pode contar a ninguém quem sou! — disse.

— Pode deixar. Seu segredo está seguro comigo. Tenho mais uma pergunta a você: por que seu pai a transformou no Tullius e não no Mauritius? — perguntou Hadriana.

— O Tullius é meu irmão gêmeo, já o Mauritius é bem mais novo que eu e é meu meio-irmão e com isso, meu pai concluiu que seria mais fácil as pessoas acreditarem que eu sou o Tullius do que acreditarem que sou o Mauritius. Além disso, meu pai achou muito melhor me disfarçar de Tullius porque ele era o menino mais velho da nossa família, ou seja, o que mais teria chance de se tornar César um dia. — respondi.

— Entendi. Faz sentido. — comentou Hadriana.

— Agora que sou o Tullius, terei de mudar de professor particular e mudar de centro de treinamento militar para não ter risco de ser reconhecida por ninguém, mas principalmente pelo professor Rubellius, pelo general Accursius e pelo... Constantinus. — contei, derramando uma lágrima ao lembrar que provavelmente nunca mais veria Constantinus. Hadriana me abraçou e disse:

— Não se preocupe, Liv. Você com certeza achará outros amigos meninos tão legais quanto o Constantinus.

— O Constantinus tornou-se meu melhor amigo em pouco tempo, nós confiávamos um no outro, conversávamos bastante, ríamos juntos, contávamos experiências, fazíamos dupla sempre que era preciso... Não acho que será tão fácil e rápido achar um amigo tão legal quanto Constantinus. — disse, derramando outra lágrima.

— Fique tranquila. Você vai conseguir, eu sei que vai. Aliás, o Constantinus é um plebeu, quem sabe você arruma um amigo patrício e melhor que ele. — afirmou Hadriana, sorrindo.

— Não fale besteiras, Hadri! Qual o problema do Constantinus ser um plebeu? O que realmente importa em uma pessoa é a personalidade dela, não a classe social! — disse brava.

— Bom, você é quem escolhe as suas amizades... — disse Hadriana, dando de ombros.

— Como assim? Você acha mesmo que eu desprezaria o Constantinus só por que ele é plebeu? Lógico que não! Só uma pessoa muito ignorante faria isso! — disse ainda brava.

— Mudando de assunto, eu queria saber uma coisa: se você se tornar César um dia, você vai precisar se casar com alguém e ter filhos. Como você pretende fazer isso? — perguntou.

— Não faço a mínima ideia. Eu não pretendo me casar nem ter filhos. — respondi, rindo.

— Faz bem. Até porque, você corre o risco da sua esposa descobrir a sua identidade um dia. — disse Hadriana, rindo.

— É verdade. — comentei, também rindo.

— Liv, eu queria saber uma coisa. Por que você se atrasou para a aula particular alguns dias atrás? Você nunca se atrasou para a aula particular! Seu pai contou ao meu, que me contou isso. — disse Hadriana inconformada. Quando Hadriana falou aquilo, me lembrei na hora de que dia ela estava falando. Era o dia em que eu havia ido à casa de Constantinus. Eu não poderia contar para Hadriana que eu havia ido à casa dele, senão ela começaria a me fazer um interrogatório.

— Eu não sei do que você está falando. Não me lembro de ter me atrasado em nenhum dia para a aula particular. — disse, mentindo na cara dura.

— Bom, foi o meu pai quem me contou, não sei se ele realmente me falou a verdade, mas você não lembra mesmo de nenhum dia que você se atrasou para a aula particular? Nem o motivo para o atraso? — perguntou Hadriana, achando estranho eu não ter falado nada. "Melhor eu tomar cuidado, a Hadri quase sempre adivinha quando estou mentindo. Dessa vez não posso deixar ela descobrir que estou mentindo de jeito nenhum", pensei com medo.

— Eu realmente não consigo me lembrar de nada, Hadri. Não sei de onde o meu pai tirou a ideia de que eu me atrasei para a aula particular. Talvez ele tenha me confundido com um dos meus dois irmãos porque eles já se atrasaram mais de uma vez. — disse. Uma parte do que eu disse era mentira, que era a de que eu não me lembrava de nenhum dia em que eu me atrasei para a aula particular, e uma parte era verdade, que era a de que meus irmãos costumavam se atrasar para a aula particular com frequência. Hadriana parecia ter acreditado no que falei e fiquei muito aliviada ao perceber isso.

— Se você não lembra mesmo, então tudo bem. Bom, agora preciso ir. Depois conversamos mais. Até mais, Liv! — disse Hadriana, indo embora.

— Até mais! E por favor, guarde o meu segredo! — disse.

— Pode deixar! Eu prometo que vou guardar! — disse Hadriana, sorrindo. No mesmo momento, Constantinus apareceu e vinha na direção de Hadriana. Eu imaginei que ele queria vir até minha casa, então entrei lá rapidamente, fechei a porta antes que ele me visse e fiquei espiando pela janela. Hadriana estranhou ao vê-lo, observou bem as vestes não luxuosas dele, entrou na frente dele e perguntou, com a testa franzida:

— Quem é você, plebeu? E o que está fazendo aqui?

— Eu... Eu vim trazer algumas flores à família da Livia e do Mauritius. — respondeu Constantinus.

— Qual o seu nome? — perguntou Hadriana.

— Constantinus Laevinus. Você vai me deixar passar ou não, senhorita? — perguntou Constantinus um pouco irritado.

— Não posso deixar você passar. A família do César pediu privacidade e não quer que ninguém leve presentes de compaixão a eles pessoalmente, eles me pediram para pegar os presentes para eles, então me dê as flores e eu entregarei a eles. — disse Hadriana. Constantinus então as entregou à Hadriana.

— Eu deixei um bilhete nas flores para a... Livia. Sei que ela não vai ler, mas mesmo assim deixei aí como um lembrete do que sinto por ela. — disse Constantinus, já indo embora. Hadriana leu o bilhete e se emocionou. Logo depois, ela bateu na minha porta, eu atendi e ela disse:

— O seu amigo Constantinus deixou flores para você. Ele ainda acha que você está morta. Tem um bilhete embaixo das flores. — Eu peguei o bilhete e li. O bilhete dizia:

"Liv, eu amo você e espero que nunca se esqueça de mim. Você é uma das pessoas mais gentis e divertidas que já conheci e espero que você esteja em um lugar bem melhor agora.

Do seu melhor amigo,
Cons."

Ao ler aquilo, quase chorei porque me lembrei que eu nunca mais veria Constantinus agora que eu era outra pessoa. Eu sabia que sentiria muita falta dele, mesmo que arrumasse novos amigos.

— Eu já li o bilhete e achei bem bonito o que o Constantinus escreveu. — comentou Hadriana emocionada ao se lembrar.

— Eu também achei bonito, Hadri. Eu vou sentir tanto a falta dele... — disse muito triste.

— Pelo menos agora você tem uma lembrança do Constantinus, que é o bilhete que ele escreveu. Se um dia você estiver sentindo falta dele, leia-o que você vai se sentir muito melhor. Bom, agora tenho de ir. Até mais! — disse Hadriana, indo embora.

— Hadri, espere! — pedi.

— Pode falar. — disse Hadriana.

— Obrigada por ter me livrado de falar com o Constantinus. Eu estava com muito medo de falar com ele e ele me reconhecer. — agradeci aliviada.

— De nada, Liv. Até mais! — disse Hadriana, indo embora.

— Até mais! — disse. Eu não queria que Hadriana tivesse ido embora porque eu estava sozinha em casa e não tinha ninguém lá para conversar comigo. Em situações assim, eu conversaria com os meus irmãos, mas isso não seria possível. Fiquei então lendo alguns livros e brincando com minha espada até dar a hora do meu treinamento militar, que seria em um novo centro. Eu estava um pouco nervosa com o meu primeiro dia no novo centro de treinamento militar porque se eu bobeasse, algum menino poderia me reconhecer e também estava com medo de que os meninos fossem melhores que eu em luta. Eu tinha quase certeza de que não arrumaria amigos tão legais, divertidos e que se identificavam comigo como Constantinus, mas sabia que arrumaria outros amigos com quem eu pudesse ao menos conversar.

XXII
VITRUVIUS, HORATIUS E AELIUS

Finalmente chegou a hora de eu ir ao treinamento militar. Eu ainda estava muito nervosa em relação aos meninos, afinal, qualquer deslize que eu cometesse eles poderiam questionar o meu gênero. Subi na biga que estava em frente à minha casa e o meu criado a conduziu, levando-a em direção ao novo centro de treinamento militar que eu passaria a frequentar. Fiquei treinando a minha voz de menino durante o caminho inteiro para que ela não soasse fajuta na hora que fosse usá-la e, também, fui fazendo várias vozes masculinas diferentes no caminho e testando-as para ver qual delas forçava menos as minhas cordas vocais.

Alguns minutos depois, finalmente cheguei ao novo centro de treinamento militar. Desci da biga e entrei no centro de treinamento militar. Observei que havia muito mais garotos de 13 a 16 anos lá dentro do que de 17 a 46, o que era muito mais comum de se ver no exército romano. Ao entrar no lugar, o general me viu e disse:

— Bem-vindo, soldado! Qual é o seu nome?

— Meu nome é Marcus Tullius Regillus. — respondi com uma voz masculina mais espontânea do que forçada e que não prejudicava as minhas cordas vocais.

— Marcus Tullius Regillus? Então você é filho do nosso César! — disse o general surpreso.

— Sim, eu sou. — respondi.

— Meninos! Saúdem o nosso novo aluno, Tullius, o filho do César de Roma! — exclamou o general. Todos os meninos me saudaram e me senti muito lisonjeada.

— Bem-vindo, Tullius! Eu sou o general Pompeius. — disse, também me saudando.

— Prazer em conhecê-lo, general. — disse, batendo uma continência a ele. O general bateu de volta e eu me juntei aos meninos logo depois.

—Atenção! Pessoal, formem oito filas de quinze e vão para onde estão nossos arcos e flechas! Vocês lançarão a flecha mirando em um círculo que estará pendurado em uma árvore. Cada fila será formada em frente a uma árvore que possui um círculo pendurado. As árvores estão paralelas entre si e se localizam na esquerda de vocês. Cada um de vocês repetirá o exercício três vezes. Comecem! — exclamou general Pompeius. No mesmo momento, todos os meninos formaram as filas e começaram a fazer o exercício. Como tinha mais alunos naquele centro de treinamento, as filas andavam mais devagar. Um garoto de cabelos castanho-escuros e olhos verdes começou a falar comigo:

— Então você é o filho do César? Prazer em conhecê-lo. O meu nome é Vitruvius Cordus, mas pode me chamar de Vitruvius ou Vitru.

— Prazer em conhecê-lo. Quantos anos você tem? — perguntei.

— Catorze, e você? — perguntou Vitruvius.

— Catorze também. — respondi. Logo depois, um garoto de cabelos e olhos castanho-escuros se virou e disse:

— Quem é esse seu novo amigo, Vitru?

— É Tullius Regillus, filho do imperador de Roma. Acabei de conhecê-lo.

— Olá, Tullius. Prazer em conhecê-lo. Meu nome é Horatius Bibaculus, mas pode me chamar de Horati se quiser. Você é novo por aqui? —perguntou Horatius para mim.

— Sou sim. Cheguei aqui hoje. — respondi.

— Seja bem-vindo e se prepare porque o general Pompeius é linha dura. Ele uma vez nos pediu para fazermos 150 flexões! — disse Horatius inconformado.

— 150?! Nossa! — comentei impressionada.

—E o pior é que 150 não é nada perto de 300 flexões. O general Pompeius nos pediu para fazer 300 flexões mais de uma vez. — contou Vitruvius.

— O general do centro de treinamento que eu costumava ir não nos pedia para fazer flexões. Só nos pedia para fazer abdominais e, na maioria das vezes, pedia-nos para fazer 110 abdominais. — contei assustada ao me lembrar.

— O general Pompeius, quando nos pede para fazer abdominais, pede-nos para fazer 120 ou 130. — comentou Horatius. No mesmo momento, um menino de cabelos quase pretos e olhos azuis ouviu a nossa conversa, riu e disse:

— Vocês reclamam de 130 abdominais?! No centro de treinamento militar que eu costumava frequentar, o general pedia-nos para fazer 220 abdominais! — contou o menino assustado só de lembrar.

— Isso sim é bastante... Aliás, qual seu nome? — perguntei.

— O meu nome é Aelius Florus, mas meus amigos me chamam de Ael. Prazer em conhecê-lo. Você é Tullius, o filho do César, não é? — perguntou Aelius.

— Sim, eu sou, mas não precisa me chamar de Tullius, pode me chamar de Tul se quiser. — disse, rindo. Aelius riu também.

— Que legal! Todos nós temos apelidos agora! — comentou Vitruvius feliz.

— É verdade! — comentei também feliz.

— Qual é o nome de vocês? — perguntou Aelius para Vitruvius e Horatius.

— O meu nome é Horatius Bibaculus e este é Vitruvius Cordus. — disse Horatius.

— Prazer em conhecê-los. Já que o apelido do Tullius é Tul, qual é o de vocês? Gostaria de chamá-los pelo apelido também. — disse Aelius.

— O meu é Vitru e o dele é Horati. — disse Vitruvius.

— Entendi. — disse Aelius. No mesmo momento, chegou a vez de Horatius atirar a flecha. Depois chegou a de Vitruvius. Em seguida, foi a minha vez. E, por fim, a de Aelius. Depois que todos nós atirarmos as nossas flechas, voltamos para o fim da fila e continuamos a conversar.

— Bom, agora que sabemos os nomes uns dos outros, podemos nos conhecer melhor. Vamos falar coisas sobre nós. Você começa, Vitru. — disse.

— Bom, eu moro perto do Fórum Romano, sou filho do senador Rufius Cordus e minha mãe chama-se Aurelia. Tenho um irmão apenas, que se chama Rufius, como o meu pai, e adora roubar as minhas coisas. — disse Vitruvius, rindo ao se lembrar. "O Vitru é filho de um senador igual a Hadri!", pensei surpresa.

— O seu irmão gosta de roubar suas coisas? Mas que sacanagem! — comentou Aelius, também rindo.

— E você, Horati? Conte-nos coisas sobre você. — pedi.

— Eu adoro aventuras, gosto muito de estudar ciências e eu sonho em ser um dos melhores legionários que existem. Meu pai é um comerciante e chama-se Caecilius Bibaculus, minha mãe chama-se Sertoria e eu tenho duas irmãs mais velhas: Valeria e Caecilia. — contou Horatius. "O Horati é plebeu e mesmo assim o Vitru, que é patrício, é amigo dele? Que legal! Achei que fosse a única com coração bom por aqui!", pensei.

— Sua irmã se chama Valeria? Que coincidência! Eu tenho uma prima que se chama Valeria! — comentei muito surpresa com a coincidência.

— Bom, aqui em Roma existem muitas Valerias, Tul, acho que não é muita coincidência... — disse Horatius, rindo.

— Bem lembrado. Tinha até me esquecido que Valeria era um nome muito comum aqui em Roma. — disse, rindo.

— É mesmo um nome muito comum em Roma. Aliás, esqueci-me de comentar, eu também tenho uma prima chamada Valeria. — disse Vitruvius, rindo.

— Eu também tenho uma prima que se chama Valeria, ela é filha da irmã da minha mãe. — comentou Aelius, também rindo. Horatius, Vitruvius, Aelius e eu começamos a rir muito porque aquela situação havia se tornado engraçada. No mesmo momento, um menino virou-se e disse irritado:

— Falem mais baixo! Que coisa chata!

— Cuide da sua vida! Meus amigos e eu falamos o mais alto que quisermos! — disse Vitruvius bravo com a atitude do menino.

— Eu cuido bem da minha vida e acho bom você também cuidar da sua, senão vou quebrar o seu nariz! — disse o menino ainda bravo.

— Não se eu quebrar o seu primeiro, idiota! — disse Vitruvius, pronto para socar o menino. Antes que saísse alguma briga, o amigo do menino o puxou para trás e Horatius puxou Vitruvius para trás. Logo depois, Vitruvius disse bravo para Horatius:

— Fala sério! Eu ia quebrar o nariz do menino e você cortou o meu barato!

— Fiz isso pelo seu próprio bem, Vitru. Eu percebi que se não fizesse alguma coisa, você e o garoto iam brigar feio e, como sou seu amigo, a última coisa que eu quero é que você se machuque. — disse Horatius preocupado só de pensar.

— O Horati tem razão. Você corria um grande risco de se machucar feio no meio daquela briga, e o outro menino também, tanto é que o amigo dele também o puxou para trás antes que algo de ruim acontecesse. É melhor prevenir do que remediar. — afirmei.

— O Tul tem razão e nunca é bom arrumar briga com alguém porque você não tem como saber o nível de agressividade e de força do seu oponente. — afirmou Aelius. Vitruvius suspirou e disse:

— Tudo bem. Vocês venceram. Não vou mais arrumar briga com ninguém, por mais divertido que seja.

— Divertido?! Com certeza não ia ser nada divertido se você acabasse ganhando uma fratura no meio da briga! — disse Horatius inconformado.

— Fratura? Que horror... — comentou Aelius com medo ao pensar. No mesmo momento, chegou a nossa vez de atirar a flecha novamente. Depois que atiramos nossas flechas, voltamos ao final da fila.

— Pessoal, nós começamos a falar sobre brigas e tal e perdemos o foco da nossa conversa, que era falar sobre nós mesmos! Eu já falei sobre mim e o Vitru já falou sobre ele. Faltam o Tul e o Ael.

— Bom, eu moro no Monte Palatino, como grande parte da população sabe, sou filho de nosso César, Flavius IV, e da minha finada mãe, Marcia. Tinha também dois irmãos que morreram recentemente, Mauritius e Livia, e uma irmã que morreu aos 2 anos, Flavia. Eu gosto muito de militarismo, de estudar filosofia, ciências e história. — contei.

— Nossa! Sua mãe e sua outra irmã também morreram?! Achei que apenas a Livia e o Mauritius haviam morrido... Sinto muito por tantos membros da sua família terem morrido, Tul. — disse Vitruvius triste por mim.

— Não se preocupe, Vitru. Minha mãe e minha irmã, Flavia, já morreram há anos e eu já superei a morte delas. Sobre a morte dos meus dois outros irmãos, estou superando aos poucos. — disse triste ao me lembrar.

— Eu me lembro do funeral dos seus irmãos. Quase a população inteira de Roma estava lá. — comentou Aelius impressionado ao se lembrar.

— Quando você e a sua família farão a Parentália, Tul? — perguntou Horatius.

— Como a Parentália é sempre feita em Fevereiro e agora é Janeiro, então nós a faremos daqui a um mês. Também faremos a Lemúria, que será em Maio, daqui a quatro meses. — respondi. Para quem não sabe, a Parentália e a Lemúria são festas feitas após o enterro de mortos da família. No mesmo momento, eu disse:

— Vamos parar de falar de morte. Aelius, fale-nos sobre você agora.

— Eu gosto muito de desenhar, pintar e de estudar matemática. Meu pai chama-se Iulius Florus e é artesão, minha mãe chama-se Postumia e não tenho irmãos, sou filho único. — disse Aelius.

— Você é filho único, Ael? Mas que sorte... — disse Vitruvius, rindo. Horatius e eu rimos também. No mesmo momento, um menino atrás da gente disse:

— Como vocês são irritantes! Falem mais baixo, idiotas! — Vitruvius, meus amigos e eu ficamos com muita raiva quando o menino nos chamou de idiotas. Horatius, Aelius e eu não precisamos fazer nada com o menino, Vitruvius fez: ele tirou o capacete do menino, socou a cara dele com tudo, depois chutou sua barriga e ele caiu no chão. Vitruvius agarrou o pescoço do menino, segurou os braços dele e perguntou:

— Você gosta do seu pescoço?

— Sim. — respondeu o menino, tremendo.

— Então peça desculpas para mim e para os meus amigos porque você foi um estúpido conosco senão eu vou quebrar o seu tão querido pescoço! — O menino então começou a chorar de desespero e disse:

— Desculpe, menino! Desculpe, amigos do menino!

— Ótimo! Está perdoado, mas se você nos ofender de novo, eu não vou só quebrar o seu pescoço, vou quebrá-lo inteiro! — disse Vitruvius ainda bravo.

— Tudo bem. Calma. Não ofenderei você e seus amigos de novo. — disse o menino se levantando e ainda tremendo. Vitruvius riu depois daquilo.

— O que foi isso, Vitru?! Você não pode fazer isso com cada pessoa que agir mal com você por mais que a pessoa mereça! — afirmei brava.

— Imagina se o menino lutasse muito bem?! Você teria se ferrado ali! Tome cuidado com as suas ameaças! — disse Aelius.

— O Ael e o Tul estão certos. Você tem de parar de ameaçar, de brigar e de bater nos outros! — afirmou Horatius.

— Tudo bem! Entendi! Mas falem a verdade: vocês não acharam um barato a cara do menino quando eu ameacei quebrar o pescoço dele? — perguntou Vitruvius, rindo muito ao se lembrar.

— Bom, eu tenho de admitir que adorei a cara dele quando você fez isso e também adorei a cara que ele fez ao pedir desculpas para nós. — disse, rindo muito ao me lembrar. Horatius riu muito também.

— Mas mesmo que a cara do menino tenha sido engraçada, o Vitru corria o risco de levar uma surra dele desde que o ameaçou. — afirmou Aelius.

— Nós sabemos disso, Ael, mas a cara do menino foi mesmo muito engraçada. O menino parecia um cachorrinho ferido com aquela cara. — disse Horatius, ainda rindo muito.

— O pior é que é verdade. — disse Aelius, também rindo. Aelius, Vitruvius, Horatius e eu ficamos rindo até dar dor de barriga com a cara de cachorrinho ferido do menino.

Vitruvius, Horatius, Aelius e eu ficamos conversando durante todo o treinamento militar. Uma hora depois, voltamos para as nossas casas. Fiquei muito feliz em arrumar três novos amigos e também fiquei torcendo para que a minha amizade com eles durasse. Cada um tinha sua característica: Vitruvius era mais agressivo, Horatius era mais engraçado e Aelius era mais tímido, mas os três tinham uma coisa em comum: eram muito legais para conversar e ótimos companheiros e, por isso, me dei muito bem com eles.

XXIII
DECIFRANDO SONHOS

No mesmo dia, durante a noite, comecei a ter um sonho. Sonhei que era César e general e tinha uma batalha para vencer naquele dia. Vitruvius, Horatius, Constantinus e Aelius estavam lutando comigo e estávamos perdendo.

— O que faremos agora? Esses loucos vão acabar conosco! — disse Vitruvius desesperado.

— Diga-nos o que fazer, general! Diga-nos o que fazer! — pediu Aelius também desesperado.

— Qual é o seu plano? Podemos armar as catapultas? O que temos de fazer? — perguntou Horatius também desesperado. Eu estava com muita dor de cabeça e não conseguia pensar em nada. Achei que morreria.

— Você está bem, general? O que posso fazer por você? — perguntou Constantinus.

— Muito obrigado, mas não quero nada de você. Está tudo bem. — disse ainda com dor de cabeça. No mesmo momento, desmaiei no meio do campo de batalha. Meus quatro amigos me cercaram.

— César! O que houve? — disse Constantinus preocupado.

— Acorde, César! Acorde! — disse Aelius também preocupado. No mesmo momento, vi os meus dois irmãos em forma espectral na minha frente. Eles pareciam também estar preocupados.

— Acho que ele está passando mal... — disse Vitruvius, pondo a mão em minha testa. Logo depois, tudo ficou preto e o meu sonho mudou. Agora eu estava em uma casa pequena e bege por fora. Havia artesanatos e cadeiras espalhadas para todos os lados. Eu estava com cabelos compridos, com uma maquiagem leve e uma toga vermelha. Horatius estava sentado ao meu lado.

— Você promete? Promete mesmo? — perguntei preocupada. Horatius sorriu e disse:

— Sim, eu prometo que guardarei o seu segredo. — dito isso, Horatius me beijou na boca, como Constantinus tinha feito em outro dia. No mesmo momento, eu acordei desesperada. Aquele era o sonho mais esquisito que eu já havia tido porque era um que tinha romance, guerra e desmaio juntos.

— Meus deuses! O que foi isso? — perguntei já acordada e também assustada. No mesmo momento, Augusto apareceu no meu quarto e disse:

— São sonhos por conta de estresse exagerado.

— Por que você apareceu do nada? — perguntei confusa.

— Eu queria explicar para você o porquê de você ter tido esses sonhos malucos. Como sou fantasma, eu leio pensamentos, então sei com o que você sonhou. — disse Augusto.

— Tudo bem... então me explique os meus sonhos. — pedi.

— Bom, você sonhou que você estava em uma guerra e com alguns soldados perguntando para você o que fazer, certo? Então, no momento em que eles estavam perguntando para você o que fazer você começou a passar mal e desmaiou. Isso ocorreu porque você estava muito nervosa e triste por ter falhado na batalha e com muito medo de dizer aos seus soldados que você não sabia como agir. — disse Augusto.

— Entendi. Você sabe o porquê de eu ter sonhado com isso? — perguntei.

— Sim. Você sonhou com isso porque está com muito medo de falhar quando se tornar César, isso se você se tornar mesmo César, e com medo de não saber se virar diante de situações difíceis no futuro. — respondeu Augusto.

— Sério? Isso não me veio em mente... — disse.

— Claro que não. Isso tudo está guardado no seu subconsciente, ou seja, você sabe, mas ao mesmo tempo não sabe que está morrendo de medo de falhar e de não saber se virar em uma situação difícil. — disse Augusto.

— Subconsciente? Nunca ouvi falar disso. — disse inconformada.

— Nem eu. Só descobri isso depois que morri. Os fantasmas têm o poder de decifrar sonhos e só é possível decifrá-los vendo o que tem no subconsciente da pessoa. — contou Augusto.

— Nossa! Eu não sabia disso! — disse surpresa.

— Pois é. Por isso vim aqui, para que você saiba. — disse Augusto, rindo.

— Entendi. Tudo ficou mais claro agora. Mas tenho de admitir, sempre tive mesmo esse medo que você me disse, mas não sei como me livrar dele... — falei triste.

— É natural que você tenha esse medo. Todos os Césares e os que desejam ser um César um dia têm medo de falhar ou de não saber o que fazer. Sabe qual é o único jeito de se livrar dele? Vivendo a experiência de ser César porque uma vez que você se torna um, por mais que você tenha de pensar muito às vezes, você acaba encontrando soluções para os seus problemas. — disse Augusto.

— Bom, acho que é só isso que você tinha de decifrar por hoje. Muito obrigada por me explicar tudo. Agora preciso dormir. — disse também, rindo.

— Você não está se esquecendo de nada? De certo beijo entre você e um amigo seu talvez? — perguntou Augusto. Na hora, lembrei-me daquele sonho e assustei-me. Não gostava de me lembrar daquilo. Augusto riu e disse:

— Viu a sua cara quando eu perguntei sobre o seu outro sonho, Livia? Sabe por que você ficou assim? Porque o seu outro sonho também tem a ver com um medo seu.

— Qual medo? De meus amigos descobrirem que sou uma menina? Isso eu tenho desde que assumi a identidade de menino. — disse.

— Pode parecer que estou errado, mas o seu sonho não teve nada a ver com esse medo seu. — afirmou Augusto.

— Então com qual medo meu esse sonho tem a ver? — perguntei curiosa e um pouco assustada.

— Tem a ver com o seu grande medo de se apaixonar por alguém. Mesmo antes de se tornar menino, você achava que se apaixonar é algo muito ruim. Lembra-se? Você falava direto com sua amiga sobre se casar e se tornar serva de um homem e de filhos. Isso e o seu sonho estão relacionados com o seu medo de se apaixonar. Você acha que se apaixonar por alguém arruinaria a sua vida, não acha? — perguntou Augusto. Engoli em seco quando ele disse aquilo.

— Bom, sim, mas agora que sou menino, isso não influencia mais em nada. — afirmei.

— Você é que pensa. Você se tornou um menino por fora, mas ainda é uma menina por dentro. Vai existir um momento que você vai se apaixonar por alguém e quando isso acontecer, o seu segredo estará em risco porque para conquistar a pessoa por quem se apaixonar, vai ter de revelar a ela quem você é de verdade. — disse Augusto.

— O quê?! Nunca farei uma coisa dessas! Nem que eu ame o garoto! — afirmei inconformada.

— Dependendo do menino por quem você se apaixonar, pode até ser que ele descubra sozinho quem você é de verdade, então não se preocupe muito em ter de revelar sua verdadeira identidade a ele. — disse Augusto, rindo.

— Como assim? Não entendi. — disse confusa.

— Confie em mim. Você vai entender. — disse Augusto, desaparecendo. No mesmo momento, dei um suspiro de raiva. Detestava quando Augusto me falava aquelas coisas estranhas. Eu demorava muito para descobrir o que elas significavam. Eu também estava com medo de acabar me apaixonando por um garoto e comprometendo o meu segredo apenas por causa de uma paixão ridícula. A partir daquele momento, eu me esforçaria mais do que nunca para não me apaixonar por ninguém na minha vida.

XXIV
O TEMPO PASSA

Depois que me transformei em menino, minha vida foi outra. Os anos foram passando, fui ganhando uma ótima fama no treinamento militar e minha amizade com Vitruvius, Horatius e Aelius foi mantida. Todos os meninos romanos costumavam escolher uma coisa para se aprofundar mais e minha escolha foi economia para, caso um dia eu fosse César, conseguir lidar bem com dinheiro.

Hadriana e eu continuamos sendo melhores amigas e nos encontrando várias vezes por semana. Dois anos depois da morte de meus irmãos, ela terminou com a Iulia. Constantinus permaneceu em meu coração e eu ficava me perguntando o tempo todo se eu permanecia no dele ou se ele havia se esquecido de mim. Eu queria muito ter continuado a ver Constantinus todos os dias. O pior foi que nunca mais consegui me encontrar com ele. Nós nos entendíamos como ninguém, éramos os melhores amigos mais perfeitos de todos. Confesso que talvez eu tivesse uma queda por ele.

Estudei muito, quase todos os dias da minha vida, esforçando-me para entender bem de economia para que pudesse administrar direito o Império se um dia estivesse no governo. Ficava muito tempo lendo vários livros de economia e alguns de filosofia e ciências. Eu queria ter o maior conhecimento possível.

Meu pai se divorciou de Estela cinco anos depois que meus irmãos morreram e se casou com uma mulher chamada Antonia Metella, mas não teve filhos com ela. Fiquei muito triste por meu pai ter feito aquilo porque ele amava Estela e não tinha motivo nenhum para se divorciar dela. Além disso, Estela era como uma mãe para mim e fiquei muito triste quando ela foi embora. Antonia não era má pessoa, porém não era tão gentil quanto Estela. Eu consegui fazer Antonia acreditar que eu era um menino, ela nunca duvidou de mim e sempre dizia "Muito bem, garoto" ao me ver estudar.

Enquanto tudo isso acontecia e eu crescia como um garoto na sociedade romana, meu pai envelhecia e ficava doente. Eu me lembro do estado em que meu pai estava: ele tossia, tinha dificuldade para se levantar, vomitava, sentia dor de cabeça e chorava porque tinha muito medo de morrer. Chegou um momento em que ele teve de ficar apenas em casa de cama e o Senado teve de assumir o governo. Meu pai não ficou feliz com isso porque o Senado só sabia roubar.

Em certo dia, eu estava ao lado do meu pai, que estava deitado na cama. Ele tossia muito e eu ficava mais preocupada a cada dia. Na época em que meu pai estava daquele jeito, eu tinha 27 anos.

— Pai, você gostaria de uma água? Um vinho talvez? — perguntei.

— Não, obrigado. Estou bem assim. — respondeu meu pai, arrumando os cabelos brancos dele.

— Tem certeza? — perguntei.

— Sim. — respondeu meu pai. No mesmo momento, uma pessoa bateu na porta. Fui abri-la e era Hadriana.

— Olá! Tudo bem? — perguntou Hadriana.

— Você sabe que não, Hadri. Meu pai está morrendo! — disse inconformada.

— Me desculpe... — disse Hadriana.

— Perdão pela grosseria, é que estou muito chateada em ver meu pai tão doente. Bom, você queria falar alguma coisa? — perguntei. Hadriana assentiu e ela e eu sentamos no sofá.

— Sim! Eu vi o Constantinus e a família dele na rua! — contou Hadriana. Fiquei triste e feliz ao mesmo tempo quando Hadriana disse aquilo. Eu estava feliz em ouvir notícias sobre Constantinus, mas ao mesmo tempo triste porque sabia que nunca mais o veria.

— Você falou com eles? — perguntei.

— Não. Só os vi passeando na rua. Aliás, a irmã do Constantinus é linda! Maravilhosa! Se ninguém resolver ficar com ela, eu fico... — disse Hadriana, rindo. Eu ri também e disse:

— Que ousadia é essa? Ela é mais nova que você!

— Não tenho nenhum preconceito contra as mais novas. — disse Hadriana, ainda rindo. No mesmo momento, Antonia apareceu e disse:

— Quem é essa menina com você, Tul? Sua namorada?

— Não, essa é Hadriana, minha melhor amiga desde os 7 anos. Hadri, essa é minha madrasta, Antonia. — disse.

— Prazer em conhecê-la, Hadriana. — disse Antonia, sorrindo.

— O prazer é todo meu. — disse Hadriana, sorrindo de volta. Depois que Antonia voltou ao quarto de meu pai, Hadriana riu e disse:

— Com certeza sua madrasta não é das mais bonitas...

— Não mesmo. — disse, também rindo.

— O que você anda estudando, Liv?

— Bom, eu estou terminando meus estudos aprofundados em economia. Também estou lendo bastante sobre ciências e filosofia.

— Legal. Você pode me explicar um pouco sobre economia? — pediu Hadriana.

— Claro! — disse, indo pegar meus livros de economia. Eu gostava bastante de ensinar às pessoas o que eu aprendia, então pensei: "Adoro ensinar as pessoas. Por que não ensinar à Hadri também?". Então fiquei por um bom tempo lendo meus livros de economia para Hadriana e explicando sobre o assunto para ela. Ela achou complicado no começo, mas depois acabou gostando. Em minha opinião, economia é um assunto difícil de se aprender logo de cara, geralmente as pessoas levam um pouco de tempo para entender todos os conceitos, mas Hadriana não demorou tanto. Impressionei-me muito. Depois de estudarmos economia e um pouco de filosofia e ciências, Hadriana cumprimentou o meu pai, desejou melhoras a ele e foi embora.

No mesmo dia, meu pai faleceu. Ele já tinha 60 anos e estava realmente muito mal. Eu imaginava que ele morreria logo, porém fiquei muito triste com o ocorrido porque o meu pai sempre foi um dos meus maiores companheiros desde sempre e também uma das pessoas que mais me motivava a lutar pelos meus ideais. Aliás, se não fosse por ele, eu não teria me tornado menino e jamais teria chance de ser César. O enterro do meu pai foi no dia seguinte, um dos dias que mais chorei em minha vida. Após a morte do meu pai, cheguei um pouco mais perto de me tornar o novo César, mas para isso era necessário que fosse escolhida pelas minhas tropas ou pelo Senado.

XXV
AMADA PELAS TROPAS

No dia seguinte, fui treinar as minhas duas tropas porque tínhamos uma batalha no próximo mês. Eu era o general da tropa, um dos mais novos generais romanos da história na verdade, pois me tornei um com 25 anos. Eu comandava quatro legiões e, como em toda Legião Romana, a minha possuía seis tribunos (cada um dos tribunos comandava dez centúrias, unidade que constituía as coortes romanas, que possuíam 80 legionários), alguns centuriões (cada centurião era responsável por uma centúria), alguns suboficiais (oficiais que dirigiam os serviços gerais e que normalmente eram arquitetos e médicos militares) e, por fim, soldados de primeira e segunda classe. Naquele dia, eu estava ansiosa, pois receberia três novos centuriões porque o número de homens na minha legião havia aumentado. Enquanto eu esperava pelos centuriões, minha legião estava marchando comigo.

— General, os homens estão pensando em proclamá-lo César e eu os apoiei porque acho você um homem muito talentoso, esforçado e competente. — disse tribuno Gratius.

— Muito obrigado, tribuno Gratius. Fico feliz que meus homens me admirem. — disse muito feliz.

— Ainda não decidimos quem será proclamado César, mas você pode ser escolhido e é um dos nossos melhores candidatos. — disse tribuno Ovidius.

— Agradeço por pensarem isso, tribuno Ovidius.

Ao chegarem, os centuriões disseram ao mesmo tempo:

— É um prazer fazer parte de sua tropa, general Tullius! Juramos fazer tudo o que o senhor pedir.

— Ótimo, centuriões, em breve darei algumas tarefas a vocês, mas, primeiramente, gostaria que vocês se apresentassem. — disse com a minha voz grossa forçada de sempre. Cada um dos centuriões foi se apresentando devagar.

— Eu sou Quintus Vitellius Severus.

— Eu sou Gaius Domitius Avitus. — "Além de ter um nome chique, esse segundo centurião é muito bonito...", pensei impressionada. Depois que os dois centuriões se apresentaram, tudo estava muito bem... até que o terceiro se apresentou.

— Eu sou Publius Constantinus Laevinus. — Gelei na hora. Queria enfiar a minha cabeça em um buraco quando descobri que um dos meus centuriões novatos era Constantinus, o meu velho melhor amigo. Existiam homens no meu exército que eram meus amigos, inclusive Vitruvius, que era meu amigo desde a adolescência, mas todos eles me conheciam como Tullius. Constantinus havia me conhecido como Livia e era muito provável que me reconheceria. Me afastei dele para que não visse meu rosto muito bem e percebi que ele estranhou. Notei também que Constantinus estava ainda mais bonito do que antes.

— Foi um prazer conhecê-los, centuriões. Suas centúrias estão aguardando por vocês, vão se apresentar a elas. — disse. Vi que quando Constantinus foi até sua centúria, ele olhou para trás e percebi que estava examinando o meu rosto, então sutilmente me virei até que ele não visse nada além das minhas costas.

— Atenção! Agora praticaremos arco e flecha! Vocês farão filas em ordem de hierarquia, mirarão bem suas flechas, depois atirarão naqueles círculos pendurados nas árvores! Cada fila terá seu próprio círculo. Vou demonstrar a vocês como se faz. — disse, pegando um arco e uma flecha. Mirei a flecha no círculo que estava pendurado em uma das árvores e acertei bem no meio dele. Muitos legionários me aplaudiram. Logo depois eu disse:

— Entenderam como se faz?

— Sim, general! — responderam todos os legionários.

— Muito bem! E lembrem-se: após atirarem suas flechas, peguem-nas de volta e retornem para o fim da fila! Cada um de vocês repetirá o exercício três vezes! — disse. Todos então formaram filas e eu fiquei os olhando fazer o exercício. Enquanto os legionários o realizam, eu os ouvi conversando entre eles sobre mim e mais três militares. Logo percebi que eles estavam discutindo quem seria melhor para governar Roma e fiquei tensa, mas mesmo assim, percebi que a maioria dos legionários me elogiou. Ouvi os legionários dizendo coisas como "Nunca vi um homem tão habilidoso e inteligente quanto o nosso general" e "O general Tullius vai nos levar longe se ele se tornar mesmo César" e fiquei muito feliz com isso. Se os meus legionários estavam falando bem de mim, significava que eu realmente ganhei a confiança deles, ou seja, minha chance de governar Roma havia aumentado. Ouvi Constantinus falando bem de mim para os soldados também e achei um pouco estranho porque era a primeira vez em anos que nos encontramos e ele nunca havia conhecido o Tullius. Fiquei com um pouco de medo.

Depois que todos os soldados acabaram o exercício de arco e flecha, eu arrumei minha armadura e disse:

— Bom trabalho, legionários! Agora vocês formarão duplas e farão um exercício com catapultas! Um dos membros da dupla colocará a pedra na catapulta e o outro membro puxará a alavanca e lançará a pedra. Vocês repetirão esse exercício três vezes! Entendido?

— Sim, senhor! — responderam os legionários.

— Ótimo! Formem filas e comecem! — disse. Os legionários cumpriram a minha ordem. Olhei para Constantinus e percebi que ele estava pensativo. Ele fazia alguns gestos enquanto esperava por sua vez na fila: franzia a sobrancelha, mexia no cabelo, colocava a mão direita no queixo e olhava para cima. Ele estava incomodado com alguma coisa.

— General, posso falar com você por um instante? — perguntou Vitruvius, que era um tribuno na minha legião.

— Claro que sim. O que houve, tribuno Vitruvius? — perguntei.

— É minha impressão ou você está incomodado com aquele centurião novo que não para de olhar para você? — perguntou Vitruvius, em tom baixo e me mostrando Constantinus.

— Claro que não estou! Por que a pergunta? — perguntei, fingindo estar confusa.

— Porque você parece incomodado desde que aquele centurião apareceu aqui. Imaginei que vocês tivessem brigado, mas já que você disse que não está incomodado com ele, então... — disse Vitruvius.

— Como posso ter brigado com ele, tribuno? Eu mal o conheço! — disse, rindo e virando as costas antes que Vitruvius me dissesse mais alguma coisa. Constantinus continuava falando bem de mim para os legionários e permanecia pensativo e me observando. Ouvi também os legionários me elogiando novamente e falando bem de um tribuno e de outro civil que não reconheci.

— Ainda bem que aquele César não está mais vivo! Ele não conseguia prender um corrupto sequer e estava deixando os plebeus sem saneamento básico e saúde! — disse um legionário para outro. Quando ouvi aquilo, tive vontade de cortar a cabeça do legionário, mas preferi fingir que não ouvi porque embora eu amasse muito o meu pai, ele estava realmente afundando Roma aos poucos. Se os legionários ou o Senado confiassem em mim para reerguer Roma, eu com certeza não os decepcionaria. "Meus legionários me escolherão se souberem o que posso fazer por Roma", pensei. Observei que os legionários estavam se saindo muito melhor no exercício da catapulta do que no de arco e flecha e isso era bom porque catapultas eram muito mais usadas nas batalhas do que arco e flecha, embora o esquema dos atiradores de flecha nas batalhas seja muito eficiente, pois eles atiram várias ao mesmo tempo.

Depois que os militares finalizaram o exercício, passei outros mais pesados, como abdominais, flexões e corrida. A maioria dos meus legionários se cansou naquele dia. Eu me cansei só de olhar para eles na verdade. Peguei muito pesado, mas eles não ficaram bravos comigo por causa dos exercícios. Na verdade, eu acho que eles ficaram até felizes. Apenas fiquei preocupada com Constantinus, que permaneceu calado durante todo o treinamento, e eu não conseguia identificar se ele estava sentindo raiva, tristeza, medo ou alegria porque ele estava extremamente misterioso.

No final do treinamento, os legionários juntaram-se e me chamaram para me elogiar. Um instante depois, eles me proclamaram César e me disseram que fizeram isso porque eu era o melhor general de todos e porque confiavam em mim para governar o Império. Com certeza aquele foi o melhor dia da minha vida. Sendo uma menina, nunca imaginei que poderia ser alguma coisa, portanto, com a morte dos meus irmãos, tornei-me menino e ganhei liberdade. Mesmo assim, eu não tinha certeza se meu sonho se realizaria, mas se realizou. Além de ser proclamada César pelas minhas tropas, o Senado me investiu com títulos imperiais, o que também me permitiria ser César caso minhas tropas não me proclamassem. Fiquei muito feliz. Em alguns dias, seria minha coroação e eu estava muito ansiosa. Se eu pudesse, com certeza faria uma festa com os meus amigos para comemorar.

Depois que cheguei em casa, fiquei pensando durante o resto do dia no que faria como César. Eu estava muito ansiosa para finalmente mostrar as minhas propostas ao Senado e para enfrentar batalhas e expandir mais o Império. Mal podia esperar para finalmente viver o meu sonho, que nunca achei que se tornaria realidade.

XXVI
O SEGUNDO MELHOR DIA DA MINHA VIDA

Três dias depois de ter sido proclamada César, finalmente chegou o dia da minha coroação. Uma pessoa foi até minha casa para me arrumar porque eu precisava estar muito bonita e elegante naquele dia, afinal, era um dos dias mais importantes da minha vida.

— Não se preocupe, César, eu o deixarei impecável! — afirmou a pessoa, já terminando de me arrumar. Eu estava ansiosa para ver como eu estava, afinal, já fazia um tempo que aquela pessoa estava me arrumando.

Seis minutos depois, a pessoa finalmente disse:

— Você está pronto, César. Gostou das suas vestes e da sua aparência? Se alguma coisa o desagradou, avise-me. — No mesmo momento, olhei-me no espelho e vi que o meu cabelo estava muito bem penteado e arrumado e que eu havia ficado muito bem de toga púrpura, que era a cor que os Césares romanos mais usavam. Naquele dia, apertei ainda mais o meu *estrófio* e funcionou. Só quem me conhecesse muito bem mesmo saberia que eu era Livia e não Tullius. E eu tinha músculos avantajados, assim como os outros militares, o que disfarçava muito o fato de eu ser uma mulher.

Depois de me arrumar, a pessoa foi embora e uma grande e bonita carruagem veio me buscar. Eu seria levada para a coroação e estava muito feliz com isso.

Conforme a carruagem ia chegando ao local da coroação, o meu coração batia mais forte. Eu queria chorar de emoção, mas não podia porque era um homem e iam estranhar se eu chorasse. Lembro-me que no caminho da coroação muitas pessoas me aplaudiram quando passei e algumas gritavam felizes: "César! César!" e tinha ainda mais vontade de chorar. Eu estava vibrando e não parava de sorrir pois estava explodindo de tanta alegria.

Ao chegar ao local de coroação, desci da carruagem e entrei no ambiente. Lá estava o homem que me coroaria, vários homens segurando objetos perto dele e diversas pessoas se matando para conseguir me ver entrar e ser coroada. Vi Hadriana e Constantinus no meio daquelas pessoas. Hadriana acenava feliz para mim com um grande sorriso no rosto.

Conforme fui entrando, minha alegria aumentava. Comecei a pensar em meu pai, que me ajudou na realização do meu sonho, e fiquei feliz. Fiquei triste ao lembrar que, para me tornar César, foi necessário a morte dos irmãos.

Eu conseguia ver melhor a coroa de louros dourados conforme chegava mais perto dela. Aquela coroa parecia estar mais bonita do que a do meu pai e eu não sabia se era a mesma, só que mais limpa, ou se era outra. Quando cheguei ao altar, onde os homens com os objetos e quem me coroaria estavam, o ritual de coroação começou. As pessoas se empurravam violentamente para conseguir vê-lo e eu não as culpo por isso porque o ritual de coroação dos Césares era um dos rituais mais importantes e bonitos que acontecia em Roma e como os Césares governavam até a morte, demorava bastante para acontecer outra coroação. Em um momento do ritual, rezei para Júpiter para que ele me abençoasse, me permitisse ser César pelo máximo de tempo possível e me iluminasse para que eu pudesse ser uma incrível líder e administradora do Império Romano. Também agradeci a Júpiter e a todos os outros deuses por terem me escolhido para ser o novo César.

Durante o ritual, observei Constantinus. Ele parecia estar feliz e não entendi bem o motivo, porque ele sabia que Tullius era vagabundo e jamais deveria ser César. Constantinus parecia não só estar feliz como também orgulhoso e um pouco emocionado. "Eu acho que ele sabe quem eu sou de verdade. Eu acho que ele me reconheceu.", pensei preocupada. Ao lado de Constantinus estava uma mulher loira de olhos azuis. Estranhei a mulher, mas depois vi que ela e Constantinus estavam de mãos dadas e já adivinhei o que aquilo significava. Fiquei bastante chateada porque, mesmo que eu não pudesse ficar com Constantinus, não gostaria de vê-lo ficando com outra mulher e pensar que ele só me considerava uma amiga. Mas infelizmente a vida é feita de escolhas e eu escolhi Roma, não ser menina. É óbvio que não me arrependi da minha escolha, mas era bem doloroso ver alguém de quem gosto muito com outra pessoa porque, como disse Augusto, eu era um menino por fora, mas ainda era uma menina por dentro.

Observei também meus três amigos: Horatius, Vitruvius e Aelius, que estavam muito felizes também. Para eles, era muito legal o fato de serem amigos do novo César. Embora Horatius e Aelius não tenham ficado na mesma Legião que a minha, eu preservei minha amizade com eles e nós nos encontrávamos com Vitruvius para beber vinho, comer e conversar toda semana, então com o passar dos anos, ficamos cada vez mais amigos. Imagino que os três devem ter ficado com um pouco de inveja de mim, embora eles se dessem muito bem comigo e estivessem orgulhosos de mim. Constantinus provavelmente não sentiu inveja, era puro demais para esse tipo de sentimento. Quando Constantinus era adolescente, dava para sentir que ele tinha uma alma muito humilde, boa e pura, e percebi quando o vi novamente que, embora anos tenham se passado e ele tenha se tornado um adulto, aquela mesma alma prevalecia nele. Quando alguém tem uma alma pura, dá para perceber. Como Constantinus tinha o mesmo jeito e comportamento de sempre, significava que ele ainda a possuía.

Durante uma grande parte do ritual, pensei em meu pai porque além de ele ter sido o meu antecessor, ele quem tinha mais me ajudado a tornar o meu sonho impossível possível. Meu pai sempre foi o meu grande parceiro, nós ríamos e conversávamos juntos toda noite e ele acreditava em mim mais do que nos meus irmãos, o que me deixava muito feliz.

Mas, ao mesmo tempo, ficava lembrando o tempo todo daquela horrível imagem de Constantinus de mãos dadas com aquela mulher. Senti-me mal por ter ficado com ciúmes do meu melhor amigo, mas não consegui me controlar. Me dava arrepios olhar o Constantinus, o meu Constantinus, com outra mulher, então parei de olhar para ele. Estranhei muito quando vi aquela moça com ele porque, quando éramos adolescentes, ele era apaixonado por mim, dava para ver isso no olhar dele. Eu também tinha certa paixão por ele, mas não sei se ele sabia. A minha paixão por ele prevaleceu mais do que eu esperava, para falar a verdade.

"Será que ele vai casar com aquela... Mulherzinha? Se isso acontecer, vou ficar mais triste ainda...", pensei triste. "Quer saber? Eu vou parar de lamentar! Meu sonho é ser César e não ter um marido! Se meu sonho de ser César se realizou, nada mais importa! Aliás seria horrível ter um marido, porque eu ficaria sempre presa em casa...", pensei.

Para me distrair, observei o resto da plateia e lá vi Hadriana bem na frente chorando de emoção ao me ver sendo coroada. Hadriana sempre desejava o melhor para mim e eu para ela, e com certeza me ver realizando o meu maior sonho era muito legal para Hadriana, assim como era para mim. Era como se nós duas fôssemos ligadas porque quando uma de nós ficava triste, a outra também ficava; quando uma de nós ficava feliz, a outra também ficava e assim sucessivamente. Vi que Iulia, minha prima e ex-namorada de Hadriana, estava perto dela. Hadriana estava de mãos dadas com outra mulher, Vipsania, com quem namorava há quase cinco anos. Vipsania tinha cabelos ruivos e enrolados, olhos castanho-escuros e pele muito branca. Eu não sabia por qual motivo Iulia estava mais brava: pelo fato de Hadriana estar namorando outra mulher ou porque a outra mulher era muito mais bonita que ela. Imaginei que fosse pelos dois motivos.

Depois de certo tempo, o ritual finalmente terminou e o homem me coroou. Depois da coroação, todos aplaudiram e eu saí devagar do lugar com minha bela coroa de louros dourados na cabeça. Fiquei nas nuvens quando o homem pôs aquela coroa em mim, eu não conseguia tirar o sorriso do rosto. A partir daquele momento, eu seria oficialmente um César, o que eu sempre achei que seria impossível e que jamais deixaria de ser um sonho meu. Após sair do local, uma bela e decorada biga me esperava, então entrei nela e parti para casa. No caminho, várias pessoas me seguiram e ficavam vibrando e gritando felizes como se eu fosse uma deusa. Eu adorava ouvir aquele som das pessoas exclamando "Ave, César! Ave, César!", "O nosso enviado pelos deuses! É ele! É ele!" e também adorava ver as pessoas felizes em me ver e acenando para mim. Quando acenavam pra mim, eu acenava de volta com o maior sorriso no rosto. Eu adorava o povo romano, tanto plebeus quanto patrícios, eu faria qualquer coisa por eles. O dia da minha coroação foi o segundo melhor dia da minha vida. Lembro-me de ter visto Hadriana gritando "Parabéns! Você conseguiu!", o que me fez ficar mais emocionada do que já estava. Senti-me uma heroína de guerra naquele momento, uma verdadeira vencedora, a melhor mulher de todo Império Romano. Lembro-me de ter visto Augusto no meio daquela multidão com um grande sorriso no rosto dizendo:

— Meus parabéns! Fiquei muito orgulhoso de você! Você realizou seu sonho e será o primeiro César mulher da história de Roma! — Várias pessoas naquela multidão estavam muito felizes por mim, porém, com certeza eu era a pessoa que mais estava alegre porque eu finalmente havia conseguido tornar meu sonho realidade. Eu tinha acabado de provar para mim mesma que é possível fazer o impossível. Quando cheguei à minha casa, apenas deitei na minha nova cama, que ficava no meu novo quarto, e comecei a chorar muito de tanta emoção. Em seguida, comecei a girar, correr, pular e dizer "Eu consegui! Eu sou o César de Roma!", mas me cansei rápido, deitei na cama e fiquei lá relaxando com um enorme sorriso no rosto. Eu não parava de pensar no dia seguinte, que seria o da minha primeira reunião com o Senado, onde eu finalmente apresentaria as minhas propostas.

XXVII
🏛 PRIMEIRA REUNIÃO 🏛

No dia seguinte, acordei cedo porque era o dia da minha primeira reunião com o Senado e eu precisava me preparar. Meus criados já haviam separado minhas roupas e preparado o meu *jentaculum*, então eu tirei minhas vestes de dormir, vesti as que meus criados tinham separado para mim, tomei o meu *jentaculum*, fui ao banheiro, coloquei minha coroa, calcei as minhas sandálias, saí de casa e fui com minha biga toda decorada e bonita ao Senado.

Fiquei pensando no caminho modos para disfarçar ainda mais o fato de que sou uma mulher. Pensei em arrumar uma esposa e manter segredo dela durante a vida toda, mas é muito arriscado porque a probabilidade da minha esposa descobrir o meu segredo era muito grande. Pensei também em colocar uma barba falsa ou um bigode falso de vez em quando para ninguém achar que tenho problemas por não ter pelos no rosto, mas eu não fazia ideia de como fazer isso, então descartei essa opção.

Lembrei-me que, se no passar dos anos, a população começasse a se lembrar do meu rosto e descobrir quem realmente sou, eu estaria perdida. Eu não sabia se isso era realmente possível de acontecer ou não. Também pensei naquele dia em que fui até a porta do Senado avisar o meu pai da morte dos meus irmãos porque os guardas que me viram naquele dia, podem ter ido ao funeral dos meus irmãos, me visto lá disfarçada e falado para alguém, mas eu não podia ter certeza disso. Talvez eu nunca conseguisse ter certeza.

Ao chegar ao Senado, fiquei muito feliz. Nunca achei que voltaria lá novamente depois que meus dois irmãos morreram. No instante em que cheguei lá, desci da biga e entrei. Dentro do Senado havia vários homens com cabelos curtos e pequenas franjas, assim como eu, e a maioria deles usava togas brancas. Alguns dos senadores tinham cabelos brancos e outros tinham cabelos loiros, castanhos ou ruivos, a cor do cabelo deles variava bastante. Quando cheguei, todos os senadores disseram, quase ao mesmo tempo:

— Ave, César! — "Adoro ouvir isso...", pensei feliz. Um dos senadores disse:

— César, trouxemos hoje uma série de coisas que gostaríamos que você refletisse sobre.

— Está bem, mas primeiro eu gostaria de compartilhar com você e com o resto do Senado algumas ideias minhas para melhorar o nosso grandioso Império. — disse.

— Diga, César. — disse o senador.

— Primeiramente, gostaria que a área dos plebeus tivesse mais saneamento básico, ou seja, esgotos mais decentes e ruas mais limpas porque muitos plebeus estão morrendo por conta de doenças que proliferam devido à falta de saneamento básico. — expliquei. Antes que eu pudesse continuar, um senador me interrompeu, rindo:

— César, as doenças estão se espalhando rapidamente e agora invadiram a área de moradia dos patrícios, uma classe social mais importante para Roma, não acha que deveríamos investir mais em saúde e saneamento básico para eles?

— Claro que devíamos investir em saúde e saneamento básico para que os patrícios não sejam contaminados, mas devemos fazer o mesmo para os plebeus porque, bem ou mal, eles são a maioria de nossa população e sem eles Roma seria praticamente um lugar vazio. Eles são pessoas assim como nós e merecem condições de vida boas.

— Eu concordo com o senhor, César. Você está completamente certo. Nunca entrou aqui no Senado um homem com mente tão aberta como o senhor antes. Os nossos Césares anteriores sempre nos ignoravam quando falávamos sobre os plebeus ou davam uma atenção muito pequena. O senhor está de parabéns. — disse um senador impressionado.

— Muito obrigado. Agora, permitam-me apresentar o resto de minhas ideias, que são: investir mais no exército para novas expansões, ordenar para que os professores particulares diminuam seu preço e, por fim, construir três aquedutos a mais em Roma. — disse. Os senadores olharam-se, conversaram e depois um deles disse:

— Gostamos muito das suas ideias, César. Se o governo tiver verba para realizar tudo o que você disse, nós o faremos com perfeição. Só não entendemos uma ideia sua: por que você gostaria que os professores particulares de Roma diminuíssem seu custo de serviço?

— Porque grande parte da população, principalmente plebeus, não está mais pagando os professores particulares e isso é ruim, pois educação e cultura são muito importantes para a população. Resumindo, se os professores particulares diminuírem seu custo de serviço, mais pessoas os contratarão e a população terá acesso a mais conhecimento. Com um povo culto e qualificado, Roma evoluirá mais. — afirmei. Depois que expliquei aquilo, vi que vários senadores estavam conversando entre eles impressionados com a minha posição. Um deles disse:

— Gostei muito do que o senhor disse, César. O seu desejo da população ser mais culta também será atendido, mandaremos os professores diminuírem seu preço de serviço.

— Mas esperem um pouco! O que faremos se algum professor se negar a seguir a ordem? — perguntou outro senador.

— Pare de fazer perguntas bobas! Podemos enforcar o professor que se negar a trazer cultura a nossa população, simples assim! Nada difícil! — disse outro senador inconformado.

— Enforcar? Claro que não, senhor! Decapitar é muito melhor! — disse outro senador.

— Senhores, honestamente, eu prefiro que os professores que se recusarem a cumprir a ordem sejam penalizados ou multados. Decapitar, enforcar, mutilar, crucificar e coisas do gênero são agressivas demais nesse caso. — afirmei.

— Eu concordo. — disse um dos senadores.

— Eu estou com o César. Faremos o que ele disse. — disse o chefe dos senadores. "O Senado está concordando com todas as minhas ideias! Estou com sorte hoje!", pensei feliz.

— Gostamos muito de suas ideias, César, e faremos o nosso melhor para elas serem realizadas. Antes, gostaríamos de apontar duas coisas que o senhor se esqueceu de mencionar: primeiro, o desemprego está aumentando; segundo, a população está tendo filhos demais e dando muitos gastos para o governo. — disse um dos senadores preocupado.

— Acho melhor você resolver logo todas essas questões, César, porque o tempo está correndo. — disse outro senador.

— O senador está certo, César. Pense um pouco no assunto. — disse outro senador.

— Entendi. É o seguinte: para o desemprego começar a diminuir, sugiro que vocês invistam mais nos negócios, nos comércios da população romana. E para as pessoas passarem a ter menos filhos, na minha opinião vocês devem dar uma espécie de salário para as pessoas que tiverem dois ou menos em casa, o que motivará os romanos a terem menos filhos. — expliquei. Os senadores discutiram entre eles, depois um deles disse:

— Gostamos muito da sua ideia, César, mas acho melhor dar uma pequena melhorada: o salário deverá ir para as famílias que têm até três filhos porque se as famílias romanas começarem a ter só um ou dois filhos, a população terá um crescimento vegetativo muito baixo.

— Você tem razão. Daremos então o salário para as famílias que têm até três filhos e o salário será de dois mil por mês. — disse.

— Eu acho melhor mil por mês. — comentou um senador.

— Eu também acho, dois mil por mês é demais. — comentou outro senador, rindo.

— Honestamente, se eu fizesse parte da família que receberia mil por mês, eu preferiria não receber nada porque mil denários* mensais é uma miséria. — afirmei inconformada.

— Mas, César, o governo não pode gastar assim com a população. — comentou um senador.

— Somos o governo de Roma, não somos? A nossa única função praticamente é gastar com a população para que ela cresça com saúde e prosperidade, não é? Então, como é um problema para o Império o excesso de

---

* N.A.: Denário era a moeda utilizada na época.

pessoas, daremos esse salário de dois mil para as famílias porque é a coisa certa a se fazer. Para melhorar Roma, as pessoas precisam de motivação para ter menos filhos e para que a população se sinta motivada a isso, acredito que dois mil denários por mês é ideal. — afirmei. Os senadores olharam-se, conversaram por um instante e perceberam que eu não desistiria mesmo porque pagar mil por mês para aquelas famílias era um absurdo.

— Tudo bem, César. Pagaremos dois mil para as famílias. Está decidido. — disseram três senadores ao mesmo tempo.

— Ótimo. — respondi um pouco brava.

Depois daquela conversa, o Senado só quis tratar mais alguns poucos assuntos comigo e fui embora. Aquela reunião foi muito legal porque me senti muito feliz sendo a figura mais importante do Império. Adorei finalmente expressar minhas propostas para melhorar Roma, que realmente precisava de uma pequena ajuda minha. Obviamente eu não teria reuniões com o Senado todos os dias porque como eu era um general, precisava comandar e treinar minhas tropas para as batalhas e, também, às vezes desfilava pelas ruas em minha grande biga, o que demorava bastante porque às vezes eu passava pela cidade inteira. Também visitava os plebeus de vez em quando e distribuía, com ajuda, alguns tipos de comida que eles não tinham oportunidade de experimentar; o Senado não gostava nem um pouco, porém eu não me importava. Lembro-me também que eu costumava ter vários dias de folga, afinal, ser César não era fácil e eu precisava descansar de vez em quando, mas eu não costumava fazer isso com frequência porque eu nunca gostei de ficar parada o tempo todo como os meus irmãos.

XXVIII
ISSO SIM É MELHOR AMIGA

Na semana seguinte, alguns minutos depois do meu *prandium*, troquei-me, coloquei um par de sandálias e minha coroa. Era um dos meus dias de folga como César e eu estava sem nada para fazer. Geralmente eu lia, comia petiscos, fazia exercícios físicos e dava voltas no Monte Palatino nos meus dias de folga. Naquele dia, eu não fazia ideia de qual das coisas eu faria, parecia que a vida sem o trabalho de César e o de general era tão sem graça. Fiquei imaginando o tédio que as mulheres romanas sentiam, pois ficavam quase o dia todo em casa, e toda vez que eu refletia sobre aquilo, eu agradecia aos deuses por ter abençoado o meu pai com aquela ideia de me transformar em um menino. Aquela transformação permitiu que eu me livrasse de ficar presa em casa com filhos e criados o dia todo.

Depois de ler um pouco sobre estratégia militar, peguei um cacho de uvas e comecei a comê-las. Após fazer isso, comecei a ler um livro sobre esculturas gregas e romanas. Parecia ser bem legal e era um dos 700 livros que eu tinha em uma biblioteca particular que havia montado em casa. Fiquei uma hora ou duas lendo aquele livro e consegui passar da metade.

Depois de ler o livro, ouvi baterem em minha porta. O meu criado atendeu. Eu não fazia ideia de quem queria me visitar naquela hora e estava com medo que fosse Constantinus.

— Quem é você, senhorita?

— Meu nome é Hadriana Triaria e eu gostaria de ver o César. Pode chamá-lo, por favor? — perguntou Hadriana.

— Só um minuto. — disse o criado, fechando a porta e indo em direção a meu quarto. Quando ouvi que era Hadriana que havia vindo me ver, dei um suspiro de alívio e fiquei alegre, pois gostava muito de conversar com ela. Chegando lá, o criado disse:

— Você conhece alguma Hadriana Triaria, senhor César?

— Sim, por quê? — perguntei.

— Ela está lá na porta dizendo que quer falar com o senhor. — respondeu o criado.

— Entendi. Muito obrigado. Deixe comigo, vou falar com ela. — disse.

— Como quiser, César. — disse o criado. Então saí do meu quarto, andei até minha porta, a abri e disse:

— Olá, Hadriana, vamos conversar lá fora.

— Sim, vamos. — disse Hadriana, rindo. Hadriana e eu então saímos e fomos dar voltas pelo Monte Palatino enquanto conversávamos. Durante a volta, Hadriana me abraçou e disse:

— Parabéns, Liv! Então você realmente conseguiu realizar seu sonho! Estou muito feliz por você!

— Obrigada. Também estou muito feliz. Muito mesmo. — disse feliz ao me lembrar.

— Conte-me tudo! É muito difícil ser César? Como é o esquema? — perguntou Hadriana curiosa.

— É difícil sim, Hadri, mas não é impossível. Eu tenho vários dias de folga como César, mas também trabalho muito. Vou ao Senado com bastante frequência, vou às lutas de gladiadores para ver se tudo está certo, ao Circus Maximus para fazer a mesma coisa, treino meus legionários e também vou a outros lugares no Fórum Romano. Você tem de ver os homens da minha legião, são bonitos demais... — disse impressionada ao me lembrar.

— Eu não me interesso por homens, você sabe! — comentou Hadriana, rindo.

— É verdade... — disse rindo.

— Alguma novidade além de ter se tornado o novo César? — perguntou Hadriana.

— O Constantinus entrou para a minha Legião e estou desesperada porque ele ficou examinando meu rosto e percebi que ficava pensativo várias vezes lá no treinamento, acho que ele pode descobrir quem sou de verdade... — contei preocupada ao pensar.

— Meus deuses! Não acredito nisso! Que incrível! O Constantinus na sua Legião?! Já pensou se vocês voltarem a ser melhores amigos de novo? — disse Hadriana feliz.

— Incrível?! Claro que não, Hadri! Se o Constantinus descobrir quem sou, só os deuses sabem qual será a reação dele! Eu não tenho como saber se ele vai me dedurar, ficar bravo, assustado ou feliz! — afirmei inconformada.

— Entendo. Agora a pergunta que não quer calar: o que houve entre você e o Constantinus na época em que seus irmãos morreram? Eu sei que algo aconteceu entre vocês dois e você não me contou! Vi no seu rosto que algo rolou entre vocês. Me diga o que foi! — disse Hadriana. Congelei quando Hadriana disse aquilo porque eu sabia muito bem do que ela estava falando. Ela estava falando do nosso beijo e eu não queria conversar sobre aquilo com ninguém.

— Hadri, deixe de bobeira! Nada de importante aconteceu entre nós! — menti nervosa.

— Pode não ter sido nada importante, mas algo aconteceu. Me conte o que foi. Vamos! Eu sou sua melhor amiga e você não pode guardar segredos de mim! — pediu Hadriana um pouco brava. Respirei fundo e disse:

— Bom... Teve um dia em que, depois do treinamento militar, eu me atrasei para uma aula particular e fui até a casa do Constantinus, pois ele tinha me convidado.

— Então você mentiu para mim naquele dia! Você tinha mesmo se atrasado para uma aula particular! — disse Hadriana inconformada.

— Eu ainda não terminei: quando cheguei à casa do Constantinus, ele me mostrou vários trabalhos do pai dele, que é artesão, e fiquei impressionada. Depois disso, ele começou a dizer o quanto eu era boa por tratá-lo bem mesmo sendo plebeu, tirou o meu capacete e me beijou. Depois ele se desculpou e tudo voltou ao normal. — contei. Hadriana estava tão surpresa e inconformada. Parecia que os olhos dela iam saltar para fora, de tão arregalados que estavam. Além disso, ela também estava tão boquiaberta que parecia que gritaria a qualquer momento.

— O quê?! Você e o Constantinus se beijaram e você, você... você não me contou?! Não acredito! Uma coisa legal dessas acontece e você me esconde?! — disse Hadriana furiosa.

— Calma, Hadri! Respire! Não é nada pessoal, é que eu... eu não queria que ninguém soubesse. Ninguém mesmo. — disse.

— Mas eu sou sua melhor amiga, Liv! Foi o seu primeiro beijo, você tinha que ter me contado isso! Eu contei para você sobre o meu, lembra? Foi com o meu vizinho e amigo, Gratius. Aliás, foi beijando ele que eu descobri que não curtia garotos. — contou Hadriana, rindo ao se lembrar.

— Eu me lembro dessa história. Me lembro também que você disse que beijou uma garota um mês depois e gostou muito. Quem era a garota mesmo? — perguntei.

— Fulvia, melhor amiga da irmã do Gratius. Ela era bonitinha, tinha olhos bonitos e cabelo bem sedoso, mas eu nunca mais a vi. Acho que ela deve ter se mudado. — disse Hadriana.

— Sim, é verdade. Falando em garotas, fico pensando em como vou arrumar uma esposa sem que ela descubra minha identidade... Afinal, sou o César e todos vão começar a me pressionar e achar estranho se eu não arrumar uma esposa em breve. — disse preocupada.

— Finalmente você tocou nesse assunto! Então, Liv, é o seguinte: como sua esposa ficaria com você praticamente o tempo todo, provavelmente ela acabaria descobrindo sua verdadeira identidade um dia, o que não é nada bom. Porém, existe uma mulher nesse mundo que jamais revelaria seu segredo, que aceitaria se casar com você e que faria qualquer coisa para ajudá-la a se manter no poder. Se você adivinhar que mulher faria isso, dou-lhe uma biga de presente. — disse Hadriana. Achei estranho Hadriana falar aquilo no começo, mas logo entendi o que ela estava querendo dizer, ri e disse:

— É impressão minha ou você está me pedindo em casamento?

— Não é impressão sua, eu estou a pedindo em casamento sim. Sabe por que, Liv? Por três motivos: primeiro, porque você é o César e precisa urgentemente de uma esposa; segundo, porque eu sou sua melhor amiga e quero fazer de tudo para que você continue sendo César; terceiro, porque as esposas dos Césares geralmente têm mais privilégios do que as outras e eu gostaria muito de desfrutar deles. — disse Hadriana, rindo.

— Fico muito agradecida e feliz por você querer se tornar minha esposa para me ajudar a continuar no poder, você é mesmo incrível, Hadri! — disse, sorrindo.

— Não precisa me agradecer. Estou aqui para isso. — disse Hadriana, sorrindo de volta.

— Mas eu estou agradecendo por você casar comigo pelo primeiro e segundo motivos, porque fazer isso só pelo terceiro é muita sacanagem... — comentei rindo.

— Eu sei... — disse Hadriana, rindo também.

— Quando você acha que devemos nos casar? — perguntei.

— Podemos nos casar na terça-feira da semana que vem, o que acha, Liv? — perguntou Hadriana.

— Pode ser, mas e a Vipsania? Como ela fica? — perguntei preocupada.

— Bom, eu vou ter de terminar com ela... Mas tudo bem, eu vou superar. — disse Hadriana suspirando.

— Hadri, você não precisa casar comigo se isso vai magoá-la, afinal, eu sou melhor amiga e quero vê-la feliz. — disse ainda preocupada.

— Eu também quero vê-la feliz. Não se preocupe comigo, Liv, eu vou ficar bem. — disse Hadriana, rindo.

— Tem certeza? — perguntei ainda preocupada.

— Sim, Liv, eu tenho. — respondeu Hadriana.

— Que bom. Então agora é oficial, vamos mesmo nos casar na terça-feira que vem. Parabéns! — disse, rindo.

— Parabéns para você também! — disse Hadriana, também rindo.

Depois daquela conversa, Hadriana e eu demos mais umas voltas no Monte Palatino durante quinze minutos e depois fomos para as nossas casas, embora fôssemos morar na mesma casa em pouco tempo. Fiquei muito feliz por Hadriana ter se oferecido para casar comigo para manter meu disfarce de homem, mas, ao mesmo tempo, assustava-me um pouco o fato de me casar com a minha melhor amiga e acho que, embora tenha me falado que estava bem, Hadriana deveria estar um pouco assustada com tudo aquilo também. Porém, apesar de tudo, eu acho que o meu casamento com Hadriana ia acabar dando certo porque mesmo que não fôssemos namoradas, nós nos dávamos muito bem.

XXIX
A HOMENAGEM

Alguns anos depois que Hadriana e eu estávamos casadas, muitas coisas em Roma mudaram: as doenças diminuíram muito, a educação melhorou, o exército recebeu mais investimento e o saneamento básico e a saúde do povo foram melhorados. Fiquei muito satisfeita com aquilo, pois sem mim, nada teria acontecido. Lembro-me também que muitas pessoas estavam sem água e eu consegui reabastecer as casas delas construindo mais alguns aquedutos na cidade.

Em certo dia, quando eu já havia governado por 11 anos, um mensageiro bateu na minha porta. Um dos meus criados saiu correndo e atendeu.

— Olá, senhor. Quem é você? — perguntou o criado.

— Sou um mensageiro da cidade. Gostaria de dizer ao César que o povo de Roma fez uma coisa muito bonita para ele em frente ao Coliseu e eles gostariam que o César e sua esposa vissem.

— Espere um minuto. — disse o criado, fechando a porta. O criado foi até onde Hadriana e eu estávamos e disse:

— Um mensageiro apareceu e disse para vocês dois irem até um lugar em frente ao Coliseu porque o povo fez algo lá que queria que vocês vissem.

— Vamos lá, então. — afirmei. Hadriana e eu saímos de casa, subimos em nossa biga e fomos até em frente ao Coliseu. Fui tentando imaginar o que poderia estar esperando por nós duas lá. Poderia ser tanto uma homenagem quanto uma armadilha para nos executar. Eu estava com medo.

Depois que Hadriana e eu finalmente chegamos ao devido local, descemos da nossa biga e ficamos impressionadas. Vi várias pessoas juntas e segurando flores. Fiquei surpresa porque jamais esperava por aquilo, mas ao mesmo tempo fiquei muito confusa porque embora eu tenha sido um incrível César, modéstia à parte, ao longo dos anos, eu não era nenhuma deusa e muito menos uma heroína de guerra.

— Olá, César. Somos patrícios e plebeus e viemos homenageá-lo com flores. Agradecemos muito por tudo que o senhor fez pelo nosso Império e desejamos uma boa sorte em sua batalha de expansão, que o senhor anunciou que seria em breve. — disse uma mulher na multidão, sorrindo.

— Muito obrigado, senhora. Agradeço também a todos vocês pelos presentes e desejo o melhor a vocês. — disse, sorrindo levemente. Todos então levantaram a mão e disseram:

— Ave, César! Que os deuses o abençoem!

Estendi o braço e disse feliz:

— Que os deuses abençoem vocês também, meu povo! — Para mim, uma das melhores coisas de ser César não era só governar e dominar Roma, era ser reconhecida pela população, o que me trazia muitos benefícios e, entre eles, estavam muita felicidade e ainda mais poder. Eu adorava o povo, faria de tudo por ele e fiquei muito alegre ao ver que a população reconhecia o meu trabalho duro para mantê-la bem.

— César, como o senhor deseja que levemos os nossos presentes até você? — perguntou um homem na multidão.

— Vou mandar trazerem quadrigas e colocarei nelas as flores que vocês trouxeram. — No momento em que eu disse isso, um criado que havia vindo junto comigo foi providenciar as quadrigas. Logo depois que ele voltou, as pessoas começaram a colocar seus presentes nas quadrigas e, após terminarem, outra mulher disse para mim:

— Acho que todos nós já colocamos nossos presentes nas quadrigas. Tenha um ótimo dia, César! Espero que goste dos nossos presentes.

— Obrigado. — disse, sorrindo e porque não pude pensar em mais nada. Logo depois, subi em minha biga e fui embora com Hadriana, com as quadrigas atrás. Conforme íamos embora, as pessoas gritavam:

— César! César! César! César! — Eu adorava ouvir aquele som. Aquelas pessoas gritando o meu nome faziam com que me sentisse ainda mais importante do que já era. Ao chegar em casa, Hadriana e eu descemos da biga e meu criado perguntou:

— Onde podemos deixar seus presentes, César?

— Monte um jardim com as flores que recebi. Já os presentes que não são flores, você precisa me dar porque eu vou guardá-los. — disse. O criado me deu os presentes rapidamente, Hadriana e eu entramos em casa enquanto o criado ficou lá fora montando o jardim para mim.

— Adorei o que aquelas pessoas fizeram por você, Liv! Foi tão bonito... — comentou Hadriana emocionada ao se lembrar.

— Eu também adorei! — disse ainda mais emocionada.

— Será que farão essa mesma homenagem a você novamente daqui a alguns anos? — perguntou Hadriana.

— Não sei, Hadri. Isso vai depender da minha performance como César ao longo do tempo. — respondi, rindo.

— É verdade. — disse Hadriana, rindo também.

— Hadri... será que o povo vai começar a nos pressionar para ter filhos algum dia? Estou pensando nisso há algum tempo... — perguntei preocupada.

— Não faço ideia. Talvez sim, mas mesmo se isso acontecer, não tem como nós termos filhos. — afirmou Hadriana, rindo novamente.

— Você tem razão. — disse, rindo também.

Depois daquela conversa, Hadriana e eu fomos comer algumas uvas. Fiquei me lembrando dos presentes que recebi daquelas pessoas em agradecimento a minha dedicação a elas. Será que elas já haviam feito aquilo para algum outro César? Eu não fazia a mínima ideia. Torci para que aquelas pessoas fizessem aquilo mais vezes para mim porque se fizessem, eu me sentiria ainda mais alegre e importante. Aquela homenagem foi uma das coisas mais bonitas que já vi na minha vida. Fiquei muito emocionada depois daquilo e quando meu criado terminou de montar o jardim, eu fui até lá e fiquei cheirando e admirando as flores.

XXX
DESPEDIDA

No dia seguinte, quase onze horas da manhã, eu estava muito animada. Era o dia em que meus militares e eu desfilaríamos pela cidade para nos despedir do povo porque sairíamos para uma batalha difícil contra o povo da Germânia, que teimava em não fazer parte de Roma. Eu estava me arrumando para sair e Hadriana estava triste porque não queria que eu fosse para a batalha.

— Liv, você vai mesmo fazer isso? — perguntou Hadriana.

— Vou, por quê? — perguntei, rindo.

— Porque eu não queria que você fosse. Tenho medo de perdê-la... — disse Hadriana, chorando.

— Não se preocupe, Hadri. Eu voltarei em breve. — afirmei sorrindo.

— Tomara mesmo... — disse Hadriana. No mesmo momento, um homem bateu na porta e eu atendi. Ele disse:

— Chegou a hora, César. Seus militares já estão em suas bigas. Só falta você. — Ao ouvir isso, Hadriana foi até mim, começou a chorar ainda mais e me abraçou. Depois disso, Hadriana secou suas lágrimas e disse em tom baixo:

— Se cuide. Faça de tudo para ficar viva.

— Vou me esforçar. — disse, sorrindo. Hadriana sorriu de volta e entrou em casa. Eu dei uma olhada para trás, triste, mas tomei coragem, arrumei o meu traje de general e subi na biga. Vi Vitruvius, Horatius, Aelius e Constantinus nas outras bigas. Evitei ao máximo falar com Constantinus, mas conversei um pouco com Vitruvius.

— Preparado para a batalha, tribuno? — perguntei.

— Sim, general. Estou apenas um pouco nervoso. — respondeu Vitruvius tenso. O centurião Domitius ouviu o que Vitruvius disse e falou rindo:

— Deixe de ser medroso! Militares praticamente nasceram para morrer!

— É verdade! Deixe de frescura! — comentou o tribuno-chefe. "Coitado do Vitru...", pensei, rindo. No mesmo momento, saímos do Monte Palatino e chegamos ao centro de Roma, onde muitas pessoas cercaram nossas bigas e jogaram flores para nós. Algumas delas gritavam "Boa sorte!", outras exclamavam "Vocês são o nosso orgulho!" e outras apenas diziam bem alto "César! César!", o que deixava alguns dos militares com inveja de mim, mas eu não me importava. Eu queria muito responder para aquelas pessoas "Vocês são demais! Eu amo vocês!", mas eu não podia, o máximo que eu poderia fazer era acenar porque senão achariam que eu era fraca. Os romanos não gostavam muito de imperadores que papariavam demais a população.

— Eu estou muito animado para a batalha! — disse Constantinus com entusiasmo.

— Eu também! — disse um soldado também com entusiasmo.

— Vocês acham que conseguiremos vencer essa batalha, pessoal? Os germânicos são muito bons... — comentou um soldado preocupado.

— Que pessimismo é esse, soldado? Você acha mesmo que aquele bando de bárbaros tem chance contra nós? — perguntei, rindo. Quando eu disse aquilo, vários militares riram também. Um deles disse:

— O general está certo. Não tem como perdermos essa batalha. — Percebi que quanto mais nos afastávamos de Roma, menos pessoas eu conseguia ver. Aquilo me assustava um pouco porque, embora eu quisesse muito lutar e vencer a guerra, sentiria falta da minha terra natal, do meu povo e de Hadriana, que deveria estar rezando para todos os deuses para que eu ficasse bem. Fiquei pensando também nos senadores e nos magistrados, que estavam orgulhosos de mim e do meu exército. Quanto mais nos afastávamos de Roma, mais eu sentia saudades de lá. Uma parte de mim queria ir para a batalha, porém outra parte queria ficar lá.

Comecei a ver que o Pantheon, o Coliseu, o Monte Palatino, os aquedutos e toda a cidade foram ficando cada vez menores depois que passamos pelos muros. Os militares ficavam cada vez mais ansiosos durante o caminho para o nosso acampamento militar, que seria perto dos limites da Germânia.

Lembro-me que minhas tropas e eu viajamos dias até chegar perto dos limites da Germânia. Dormimos em vários lugares até chegarmos lá. Foi uma viagem longa e cansativa e pensei muito em Hadriana durante o caminho porque eu sabia que ela deveria estar preocupada comigo ainda.

Após chegarmos ao nosso acampamento militar, meus militares e eu descemos das bigas, arrumamos nossas coisas e fomos encontrar o resto dos membros de nossa tropa, que já estavam no acampamento há alguns dias. Naquele dia, minha tropa e eu apenas conversamos e treinamos um pouco de tática de lutas e no dia seguinte começaria a nossa batalha contra os germânicos. Me lembro que fiquei observando Domitius. Ele era bem bonito e engraçado. Nós éramos ótimos amigos. Ainda bem que consegui arrumar mais um amigo porque eu havia perdido o Constantinus a partir do momento em que eu me tornei um menino.

XXXI
LUTAS E UMA NOVA... AMIZADE?

Dois dias depois, minha tropa e eu nos ajustamos no acampamento militar, fizemos um primeiro ataque aos germânicos e sabíamos que eles atacariam de volta, então ficamos conversando no acampamento, só esperando por eles. Nós tínhamos certeza de que poderíamos vencer os germânicos porque as armas deles eram bem mais antigas do que as nossas. Eram duas horas da tarde e eu estava conversando com Domitius.

— Então, conte-me o que houve depois que seus pais o deixaram. — disse. Estávamos no meio de um assunto.

— Eles não me queriam, então me deram e outro casal me adotou, embora eles já tivessem dois filhos. Eu vivi desde bebê com esse casal, eu os considero meus pais e os filhos deles como meus irmãos. Nunca tive interesse em conhecer os meus pais verdadeiros. — contou Domitius.

— Entendi. — disse.

— Os seus pais nunca fizeram algo assim com você, general? Decepcionaram-no tanto que você nem queria olhar para a cara deles? — perguntou Domitius.

— Na verdade não. Eu sempre tive uma ótima relação com o meu pai e a minha madrasta, mas principalmente com o meu pai. Nós dois éramos muito amigos e ele sempre me apoiava em tudo. — contei feliz ao me lembrar.

— O que houve com a sua mãe? Você não falou dela. — disse Domitius curioso.

— Minha mãe morreu quando eu era muito pequena, então eu não me lembro muito bem de como ela era ou do que ela fazia. — disse.

— Sinto muito. E quanto aos seus amigos, senhor? — perguntou Domitius.

— Tive alguns. O tribuno Vitruvius é um deles, aliás, ele e eu fizemos treinamento militar juntos quando éramos mais novos. — respondi.

— Que legal! Eu também fazia treinamento militar junto com um membro de nossa legião quando éramos crianças: o tribuno Gratius. Nós éramos muito amigos. — disse Domitius. "Gratius era o nome do menino que a Hadri beijou pela primeira vez! Será que é dele que o Domitius está falando?", pensei curiosa.

— Legal! — disse.

— Gratius e eu éramos tão amigos que pedíamos conselhos um para o outro sobre tudo, mas principalmente quando tínhamos de tomar decisões importantes. Eu quem motivei o Gratius a ser militar como eu. — contou Domitius. No mesmo momento, minha tropa e eu ouvimos um monte de gritos e homens correndo. Quando eu fui ver o que era, assustei-me. Eram os germânicos. Tinham mais homens no exército deles do que eu pensava.

— Eles chegaram! Hora de realizar o nosso ataque! Infantaria, cavalaria e legião, preparem-se! — exclamei o mais alto e rápido possível. A legião, a infantaria e a cavalaria formavam a tropa inteira, mas eu tinha mais contato com a legião. Enfim, a minha tropa fez o que eu pedi, eu me aproximei dos inimigos com ela e exclamei:

— Ataquem! — Minha tropa obedeceu e aconteceu o que eu havia previsto: em menos de dez minutos já havia inúmeros homens mortos. Mesmo muito assustada, lutei e também matei o máximo de germânicos que pude. Depois de um tempo, fiquei mais calma e percebi que acabar com os inimigos estava sendo mais divertido do que eu havia planejado. Lutar com eles, que era o que eu mais gostava de fazer. Lembro-me de ter visto Constantinus na batalha com um grande corte em seu rosto e ficado muito triste porque eu detestava vê-lo machucado. Às vezes, eu pensava:

"Será que ele sabe quem sou? Se ele sabe, será que ele já contou a alguém? Será que eu poderia contar logo de cara para ele quem sou sem causar problemas?". Eu queria muito ter coragem de contar a verdade para ele, afinal, eu ainda gostava muito dele.

Minha legião matou 400 germânicos naquela batalha e cinquenta romanos morreram. Fiquei orgulhosa do trabalho da minha legião porque, ao derrotarmos os nossos inimigos, ganhamos um pedaço do território deles, o que era muito bom, pois significava que o meu plano de expandir Roma estava funcionando exatamente do modo que eu queria.

Depois de quase uma hora, os germânicos que sobraram recuaram e meus legionários e eu vencemos, embora muitos de nossa tropa tenham morrido naquela batalha. Os legionários gritavam de felicidade, dava para sentir a alegria deles.

— Muito bem, legionários! Vocês foram muito bem! — disse muito feliz.

— Parabéns, general! O senhor mandou muito bem como sempre. — disse Domitius, sorrindo.

— Obrigado. Você também fez um bom trabalho. — agradeci feliz.

— Eu vou até aquela cabana agora. Gostaria de vir comigo, general? Gosto muito de conversar com o senhor. — disse Domitius.

— Obrigado, centurião! Conversarei com você sim. — disse, contendo-me para não sorrir. Eu adorava quando alguém dizia para mim que apreciava minha companhia ou meu trabalho. "Alguma coisa nesse Domitius me atrai, não sei o que é. Eu gosto muito de ficar com ele e o acho tão bonito... Deve ser isso.", pensei, rindo. Mesmo que eu tenha conversado com Domitius poucas vezes, eu tinha uma queda por ele, mas eu tinha de me controlar para que isso não se tornasse nada muito relevante porque senão eu teria de revelar o meu segredo. Eu não conseguia contar o meu segredo nem para Constantinus, que era o meu melhor amigo, imagine para um centurião que eu nem conhecia direito.

Logo depois de comemorarmos bastante a vitória que tivemos, meus legionários e eu voltamos ao acampamento e fomos almoçar porque não sabíamos se os germânicos voltariam ou não, o que poderia acontecer a qualquer momento. Fiquei conversando com Domitius enquanto almoçava. Percebi que Constantinus ficou me observando naquele momento, como se dissesse "Saia daí, centurião idiota!" com os olhos. Aliás, ele sempre fazia aquilo quando eu estava conversando com alguém.

XXXII
CONVERSA NOTURNA

No mesmo dia, durante a noite, tive um sonho triste e acordei. Sonhei que meus irmãos haviam vindo até mim em forma espectral e me dito que sentiam minha falta. Sempre ficava emotiva quando pensava em meus irmãos porque não foi nada fácil superar a morte deles. Após acordar, saí da minha cabana para tomar um ar, o que sempre me ajudava quando eu tinha sonhos ruins. Conversar com Augusto também me ajudava, mas naquele momento eu não estava a fim de vê-lo.

Após deixar a cabana, dei uma volta pelo acampamento, apreciando o belo céu noturno repleto de estrelas. Naquela noite, a lua estava cheia e eu amava quando isso acontecia. Fiquei por um tempo parada apenas observando aquela bela esfera branca e brilhosa. Fechei os olhos para sentir a brisa noturna... Senti-me muito bem.

— É tão bom se isolar um pouco dos problemas às vezes... — disse para mim mesma em tom baixo.

Logo depois de dar mais uma volta, vi um homem que não reconheci. Fiquei assustada na hora e corri para pegar minha espada e meu escudo. Fui em direção a ele sorrateiramente, como um predador que se aproxima da presa. A falta de luminosidade não permitia ver o rosto dele.

Quando cheguei bem perto do homem, consegui ver sua face. Era Domitius, meu mais novo amigo... Ele estava bonito e com um sorriso travesso no rosto, como de costume. Ao me ver, ele riu e disse:

— Por que vai me atacar?

— Eu não tinha visto que era você... — disse, abaixando minha espada.

— O que você está fazendo por aqui a esta hora? — perguntou Domitius, levantando uma sobrancelha.

— Eu que lhe pergunto. Você deveria estar na sua cabana! — afirmei. Eu tinha muito medo que um dia meus próprios soldados resolvessem se rebelar contra mim porque, afinal, Júlio César foi assassinado por senadores que conspiraram contra ele. Se César tivesse sido mais esperto, teria impedido o acontecimento, e eu não queria cometer o mesmo erro de desatenção que ele.

— Na verdade, eu queria muito falar com o senhor, general. É sobre um assunto sério. — disse Domitius, olhando-me de um modo estranho, que não gostei. Para tentar intimidá-lo, encarei-o friamente. Ele recuou e fiquei satisfeita.

— Que tipo de assunto seria? — perguntei, franzindo a testa. Domitius suspirou e disse:

— Não é algo fácil de se dizer. Antes de começar a falar, gostaria de lhe pedir algo muito importante.

— Diga, centurião Domitius.

— Por favor, não me puna por nada que direi. São apenas especulações. Prometo não lhe ofender. — disse Domitius, com as mãos entrelaçadas, como uma criança pedindo algo à mãe. Quase ri naquela hora, mas, ao mesmo tempo, fiquei tensa porque não fazia ideia do que um centurião queria me dizer de tão urgente àquela hora da noite.

— Gostaria de lhe dizer algo que talvez a surpreenda bastante. Espero que não se assuste muito. — continuou Domitius, respirando fundo. Eu ficava cada vez mais tensa com aquela conversa. Queria saber logo o que Domitius me falaria.

— Fale logo, Domitius, você está me deixando preocupado. — pedi, tentando não mostrar o leve desespero que começava a sentir.

— César, eu gostaria de saber se você é realmente um homem ou não. Eu estou me sentindo muito atraído por você e sei que não me atraio por homens e, além disso, você é diferente dos outros militares daqui, parece ser mais... sensível. Não sei explicar. — disse Domitius, mais tenso do que nunca. Eu entendia o medo dele de acabar sendo severamente punido por mim. Se fosse ele, sentiria o mesmo. Naquele instante, meu coração começou a bater fortemente, como se quisesse pular para fora do meu peito. Jamais imaginei que alguém algum dia se perguntaria se eu era mesmo um homem ou não.

Eu não sabia o que dizer. Naquele momento, travei. Além de não esperar que Domitius pudesse pensar que sou mulher, não percebi que ele se sentia atraído por mim. Admirei sua coragem naquele momento porque não deveria ser nada fácil falar sobre um assunto como aquele para o César.

— Acha que sou uma mulher?! Você está ficando louco?! O que fez com que pensasse isso?! Estou lisonjeado em saber que sente atração por mim, mas chocado por você achar que não sou homem. — afirmei, tentando mostrar raiva. Domitius recuou.

— César, eu não me apaixono por homens, por isso pensei na possiblidade de você não ser um. Além disso, eu o achei diferente dos demais homens, você é mais peculiar. Eu te amo por você ser diferente. — Eu não sabia se falava a verdade para Domitius ou não. Gostava muito dele, mas não o amava. Talvez fosse a melhor opção falar a verdade porque já havia perdido Constantinus e não seria má ideia ter Domitius como meu amante.

— Domitius, eu também sinto uma atração por você, não vou mentir. Eu vou dizer uma coisa para você agora que talvez o surpreenda. — Domitius me olhou com atenção. Ele estava com medo, percebi nos olhos dele.

— Estou ouvindo-o. — disse Domitius, curioso para saber o que eu falaria. Eu precisava dizer quem eu realmente era. Domitius entenderia, afinal, ele me amava.

— Eu não sou um homem. Você estava certo. Eu realmente sou uma mulher. Não foi Livia Regilla que morreu, foi Tullius Regillus. Eu me tornei meu irmão a partir do momento de sua morte. — contei. Dei um suspiro de alívio. Não aguentava mais esconder aquele segredo. Domitius arregalou os olhos, surpreso. Não sabia como reagir. Ele andou de um lado para o outro.

— O quê...?! Você mentiu então por todos esses anos? — perguntou Domitius, inconformado.

— Sim, e peço perdão por isso, mas foi o único jeito de realizar meu sonho de governar esse império maravilhoso! — afirmei. Domitius balançava a cabeça, bravo com minha atitude. Rezei para que ele não resolvesse me entregar para as autoridades.

— Estou chateado por você ter mentido, mas, ao mesmo tempo, feliz porque estava me sentindo muito estranho por perceber que me apaixonei por um homem. Estou aliviado em saber que você é uma mulher. — afirmou

Domitius, rindo. Dei outro suspiro de alívio. "Graças aos deuses! Ele não vai ferrar comigo!", pensei muito satisfeita.

— Ainda bem que você está feliz. Aliás, saiba que também sempre me senti atraída por você. — disse, sorrindo. Eu não estava mentindo. Era difícil resistir aos encantos de Domitius. Sorrindo de volta, Domitius se aproximou de mim e disse:

— Quer ser minha namorada? Para mim, seria uma honra ter uma mulher como você...

— Domitius, eu não estou pronta para um relacionamento sério, apesar de achá-lo um homem incrível. Podemos apenas ser companheiros casuais e não ter muito compromisso na nossa relação? — perguntei, tentando ser charmosa.

— É claro! Faço qualquer coisa por você. — Dito isso, Domitius me beijou. Foi um beijo muito bom, tenho de admitir. Se algum soldado tivesse visto Domitius e eu juntos, provavelmente algo muito ruim teria acontecido, tanto com ele quanto comigo. O povo de Roma me odiaria para sempre.

— Obrigada por entender minha situação. — disse, feliz.

— Aliás, quer vir à minha cabana e ficar comigo um pouco para podermos conversar e nos divertir um pouco? — perguntou Domitius. Fiquei muito tentada a aceitar a proposta. Não resisti e disse:

— Tudo bem. Vamos lá. Mas saiba que terei que sair de lá rapidamente!

— Tudo bem. — disse Domitius, dando de ombros. Em seguida, fui de mãos dadas com Domitius até sua cabana e ficamos por um bom tempo conversando. Além de conversar, namoramos um pouco e nos divertimos. Não fizemos muito barulho para não acordar os outros soldados.

Eu fiquei muito feliz naquela noite porque havia achado um novo companheiro para mim. Constantinus me esqueceu, porém, eu consegui superá-lo. Domitius me faria feliz e eu tinha certeza disso. Nós gostávamos muito de ficar juntos.

XXXIII
🏛 UMA SEGUNDA BATALHA 🏛

Lembro-me que já era de manhã e eu estava em minha cabana. Havia apenas ficado na cabana de Domitius por um tempo, depois fui embora. Em alguns minutos, minha tropa acordou, então comemos e fomos treinar um pouco. Lembro-me que, no treinamento, Domitius piscou e sorriu para mim em um momento e Constantinus ficou me encarando depois disso. Ele queria me dizer alguma coisa e eu estava com medo de descobrir o que seria. Eu já não gostava de ter de aceitar a ideia de que Constantinus havia tido outras namoradas ao longo do meu governo e gostaria muito menos de ter de aguentá-lo com raiva de mim. Eu o queria de volta, nem que fosse apenas como amigo.

— Muito bem, pessoal! Dispensados! — exclamei, falando com a minha voz falsa novamente. Todos me obedeceram e pararam de treinar. Constantinus continuou me encarando. Preferi ignorá-lo porque olhar para ele me deixava triste, me fazia lembrar de que ele havia amado outras mulheres e que eu havia mentido para ele sobre a minha identidade. Na verdade, eu havia mentido sobre a minha identidade para todos os romanos, porém Constantinus era especial para mim e era muito mais doloroso ter de se esconder dele do que de todo o povo romano.

— Pessoal! Voltem! Vamos nos organizar! Agora prepararemos outra ofensiva aos bárbaros germânicos! Infantaria, cavalaria e legião, posicionem-se! Caminharemos até o refúgio desses idiotas e o atacaremos! O território deles será nosso! — exclamei animada.

— Sim! Vamos acabar com eles! — exclamaram todos. Logo depois, minha tropa se posicionou como sempre fazia e começou a marchar junto comigo até o refúgio daqueles bárbaros germânicos.

Após algum tempo marchando, finalmente chegamos ao refúgio dos inimigos e começamos a atacar. Alguns deles morreram, mas a maioria sobreviveu, então eles se organizaram e começaram a nos atacar. Nós contra-atacamos com violência. Matei mais de 20 germânicos logo no começo da batalha. Os arqueiros e os soldados que lançavam catapulta estavam indo muito bem.

— Avancem, cavalaria! Vocês estão muito parados! — exclamei enquanto lutava com um germânico. Naquela batalha, lembro-me de ter usado muito a minha espada. Vi que Constantinus estava mandando muito bem nas lutas contra os inimigos e olhou para mim em um momento da batalha. Desviei o olhar na hora para evitar confusões.

Depois que derrubamos vários germânicos, eles finalmente desistiram de lutar contra nós e recuaram. Havíamos acabado de vencer outra batalha contra eles. Eu estava muito feliz.

— Ótimo trabalho! Agora o nosso acampamento militar será aqui, na nossa nova área de controle! — exclamei. Todos gritaram de felicidade quando eu disse aquilo. No mesmo instante, minha tropa e eu desmontamos nossas cabanas e nos mudamos para o nosso novo local de domínio, que era mais um para a coleção do nosso Império. Eu adorava quando vencíamos batalhas e nos mudávamos para os novos lugares de domínio.

Quando terminamos de montar nossas cabanas com o auxílio do líder do acampamento, cada um foi para sua respectiva barraca. Domitius foi atrás de mim e disse feliz:

— Fomos muito bem. Mais um território para a nossa coleção.

— É verdade. — disse também feliz.

— Vamos realizar outras ofensivas além desta, general? Acho que já temos território o suficiente... — disse Domitius, rindo.

— Nunca diga isso! Territórios nunca são suficientes! Quanto mais, melhor! Com certeza faremos outras ofensivas! — afirmei.

— Entendi. Aliás, eu gostei muito de ontem à noite. — disse Domitius em tom baixo e sorrindo para mim. Fiquei vermelha e disse:

— Eu também gostei, mas não podemos falar sobre isso na frente dos outros!

— Você tem razão. Desculpe-me. Falaremos sobre outra coisa então. — disse Domitius. Começamos, então, a conversar sobre outro assunto. Eu gostava muito de falar com ele e a recíproca era verdadeira. Domitius era bonito, simpático, divertido e um ótimo companheiro, embora não superasse Constantinus em nenhum desses aspectos. Percebi que Constantinus estava nos observando conversar, como sempre, porém, procurei ignorá-lo, mas dessa vez ele não me deixou fazer isso. Ele começou a caminhar até mim e Domitius, o que me deixou bastante tensa. Quanto mais passos ele dava, mais eu ficava nervosa e com uma grande vontade de fugir ou me enterrar em um buraco.

XXXIV
DEPOIS DE TANTO TEMPO...

Eu estava rindo e conversando com Domitius quando Constantinus chegou até nós dois, arrumou seu capacete e disse:

— General, posso conversar com o senhor por um minuto?

— Não está vendo que estou no meio de uma conversa, centurião? Saia daqui agora! Volte outra hora! — disse Domitius bravo.

— Não se preocupe. Depois terminamos de conversar. O que houve, centurião? — perguntei tensa para Constantinus.

— Aconteceu uma coisa urgente. Venha comigo. Preciso do senhor. — respondeu Constantinus, que parecia que ia chorar a qualquer momento, o que me assustou.

— Entendi. — disse, engolindo em seco. Segui Constantinus com o medo circulando nas minhas veias. Achei que minha cabeça ia explodir. Eu só queria dizer assim para Constantinus naquela hora: "Eu admito, Cons! Sou eu, a Livia! Me perdoe! Volte a ser o meu melhor amigo!" Ou apenas fugir para bem longe. Lembro-me de ter me sentido trêmula e com vontade de chorar. Eu não fazia ideia do que Constantinus ia fazer e não estava nem um pouco a fim de descobrir, embora não tivesse escolha. Constantinus me levou até uma cabana onde ficamos sozinhos.

— Pode falar, centurião. — disse com medo. No mesmo momento, Constantinus me abraçou fortemente. Por um instante, achei que ele tentaria me quebrar inteira e gritaria: "Você mentiu para todos, Livia! Jamais serei seu amigo de novo depois disso!", mas não foi o que ele fez. Constantinus apenas estava me abraçando tão calorosamente que parecia que ele estava tentando tirar algum pedaço de mim e guardar para si. Após perceber que Constantinus não queria me matar, desejei que o abraço jamais acabasse. Eu queria ficar lá, nos braços dele, para sempre, onde eu ficaria confortável e segura. No momento em que me soltou, lágrimas correram pelo rosto dele. Automaticamente, aconteceu o mesmo comigo.

— Esperei anos por esse momento, Liv. Esperei anos para finalmente olhar para o seu rosto de novo e dizer a você o quanto eu a amo. Achei que depois que você assumiu aquela identidade falsa, nunca mais poderia falar com você do mesmo jeito. Fico feliz que mesmo você tendo mudado sua aparência, você continua sendo a mesma garota ousada, feliz, divertida, inteligente e linda. — disse Constantinus muito emocionado e chorando ainda mais. Eu fiquei vermelha como um tomate e chorei de emoção também. Nunca pensei que ele diria uma coisa dessas para mim depois que o ignorei por anos.

— Mas eu vi você com outras mulheres várias vezes. Como você pode não ter me esquecido? — disse com a minha voz normal.

— Eu tentei esquecer. Tentei acreditar que você não havia se disfarçado de homem. Também tentei acreditar que nunca mais ficaria com você por conta do seu segredo. O único motivo de eu ter saído com algumas mulheres nesse tempo foi para tentar esquecê-la, mas percebi que nenhuma delas chega aos seus pés, então desisti de tentar arrumar outra. — contou Constantinus.

— Fico feliz que você não conseguiu me esquecer, porque eu também não consegui. Todos os dias eu penso em você. Mesmo que eu tenha realizado o meu grande sonho de ser César e general, ainda me sinto incompleta porque você não está junto comigo do jeito que eu gostaria que você estivesse. — disse, passando a mão no rosto de Constantinus.

— Por que não ficamos juntos então? O amor é correspondido, então o que estamos esperando? — disse Constantinus, sorrindo.

— Não sei se você notou, Cons, mas eu sou um homem casado agora. Tenho uma reputação a zelar. Se nos pegarem juntos, você e eu seremos massacrados... — afirmei preocupada.

— Podemos agir apenas como bons amigos na batalha, mas ao retornarmos a Roma, poderemos namorar escondido! Afinal, se nós dois nos amamos mesmo, devemos ficar juntos, não importa como! — afirmou Constantinus, segurando a minha mão. Suspirei e pensei: "Não entendo como o Cons ainda é interessado por mim depois de todo esse tempo...". Existiam tantas garotas em Roma e Constantinus havia escolhido justo a mim, o que o fazia sofrer muito porque o nosso amor era praticamente impossível de acontecer sem que fosse escondido.

— Você tem certeza de que isso vai dar certo? Em Roma existem muitos militares pelas ruas e eles podem nos pegar!

— É só irmos juntos até algum lugar em Roma onde ninguém nos achará, Liv! Existem vários lugares lá onde ninguém nos acharia! Eu não me importo em namorá-la escondido, o importante é ficarmos juntos!

— Você tem razão. Podemos fazer isso. Eu concordo então com a sua ideia. Daremos início ao nosso namoro escondido assim que as batalhas acabarem. Mas antes disso, eu gostaria de saber uma coisa.

— Pode falar, Liv. — afirmou Constantinus, sorrindo e suspirando, como se estivesse dizendo: "Eu adoro a sua voz, fale o quanto quiser."

— Por que você continua interessado em mim depois de tantos anos? Eu sei que você tinha certa paixão por mim quando éramos adolescentes, mas não imaginei que isso permaneceria por tanto tempo... — disse.

— Você não tem medo de nada, realiza seus sonhos e cumpre os seus objetivos custe o que custar. Você faz com que me sinta bem quando estou perto de você. Você é inteligente e culta e seus olhos azuis com seus cabelos escuros destacam sua beleza. Você não se importa com o que os outros pensam de você, apenas segue o seu caminho e protege as pessoas que ama. Você defende a igualdade social, não discrimina ninguém e acredita no potencial de todos, não importa de onde são ou o que são. Resumindo, você é perfeita. — disse Constantinus, passando a mão em meu rosto.

— Cons, eu não sei o que dizer... isso foi muito lindo. Obrigada. — disse vermelha como um tomate e sorrindo.

— Durante as batalhas, seremos amigos, mas ao voltarmos a Roma, daremos início ao nosso namoro. Eu preciso muito ficar com você. Tudo bem? Pode ser assim? — perguntou Constantinus, rindo.

— Claro que sim! Eu espero o tempo que precisar para ficar com você, contanto que isso realmente aconteça, é claro. — disse, também rindo.

— Agora me diga você o que eu tenho de bom. O que faz você me amar?

— Bom, eu não sei explicar isso muito bem... mas posso dizer com certeza que os grandes motivos pelo quais eu o amo são que você faz com que me sinta muito feliz e bem quando estou com você, você me faz rir, é sonhador, esperto, bonito, esforçado, gentil, bondoso e muito corajoso. — disse, segurando forte a mão de Constantinus.

— Muito obrigado. Eu não me acho tão corajoso assim porque se eu fosse já teria falado com você faz tempo, mas só reuni coragem para fazer isso agora. — disse Constantinus, rindo.

— Tudo bem, Cons. Eu entendo, você ficou em choque quando viu que eu não estava morta e que havia mentido. Se eu fosse você, também demoraria para reunir coragem para falar comigo. O que eu quis dizer foi que você é corajoso na batalha para se expressar e para cumprir os seus objetivos. Aliás, é uma das coisas que mais admiro em você. — afirmei.

— Você é mesmo demais. Sempre me fala coisas boas quando fico mal. Bom, agora acho que precisamos sair antes que comecem a nos procurar. Não quero que ninguém descubra que nós conversamos sobre essas coisas... — disse Constantinus.

— Você tem razão. Obrigada pela conversa. — disse, sorrindo e me retirando da cabana.

— Obrigado pela conversa. — disse Constantinus, sorrindo de volta e também se retirando.

Fiquei muito feliz ao conversar com Constantinus depois de anos o evitando. Percebi naquela conversa que o meu medo de ele brigar comigo não tinha motivo e que ele me amava. Gostei muito também que ele me pediu em namoro e, embora eu tivesse que esperar até a guerra acabar para ficar com ele, nós ao menos havíamos feito as pazes. Fiquei triste por Domitius porque eu teria de terminar com ele, mas embora eu gostasse muito dele, não era ele quem eu amava, então era melhor fazer isso. Constantinus havia ficado muito feliz ao falar comigo, senti isso na conversa. Às vezes parecia que ele explodiria de tanta emoção e felicidade. Fiquei aliviada com aquela conversa, porque fazia anos que eu não falava com Constantinus, e ao saber que ele estava feliz e não com raiva de mim. Eu mal podia esperar para ser a namorada secreta dele e, também, para conversar com Constantinus no dia seguinte novamente.

XXXV
A MELHOR DUPLA DE TODAS ESTÁ DE VOLTA

No dia seguinte, minha tropa e eu acordamos cedo, como sempre, fizemos e comemos o nosso *prandium*. Logo depois, fui conversar com Constantinus na parte externa da cabana dele. Resolvi não terminar com Domitius naquele momento porque eu ainda não estava preparada para fazer isso, tinha medo de ele ficar bravo comigo.

— Então, Cons, faz muito tempo que não nos falamos. Conte-me como está a sua família. — disse, sorrindo.

— A minha família está muito bem. Apenas a minha irmã que esteve doente há alguns dias, mas meus dois irmãos, meus pais e eu rezamos bastante para os deuses e ela melhorou por algum milagre. — contou Constantinus aliviado ao se lembrar.

— Ainda bem. E quanto aos seus amigos?

— Eles estão ótimos. Como não a conheciam, acreditaram que você estava morta. — disse Constantinus, rindo.

— Entendi. A minha melhor amiga, Hadriana, não acreditou que eu estava morta. Ela me reconheceu lá no enterro dos meus irmãos. — contei.

— Espere: essa tal Hadriana não é a sua esposa, Liv? — perguntou Constantinus confuso.

— Sim, ela é minha esposa e melhor amiga. Um pouco depois de assumir o governo, a Hadriana me propôs ser minha esposa para manter a minha reputação de homem e, desde então, é casada comigo. — contei, rindo.

— Que legal! Isso que é amiga... — comentou Constantinus, rindo também.

— Pois é. — comentei. No mesmo momento, ouvi alguns legionários gritando e correndo e perguntei:

— O que está acontecendo, Cons?

— Não faço ideia. — respondeu Constantinus. Então nós dois saímos de onde estávamos e vimos que os germânicos estavam nos atacando. Constantinus e eu pegamos as nossas lanças, espadas e escudos. Eu exclamei já com a minha voz falsa:

— Posicionem-se e ataquem! — A tropa me obedeceu e fizemos um ataque mais organizado que os germânicos, que, como sempre, estavam totalmente espalhados. Durante a batalha, Constantinus disse:

— Você é mesmo muito rápida e habilidosa no campo de batalha. Estou até me sentindo envergonhado. Não há militar que chegue aos seus pés nesse Império.

— Cons, eu posso até ser rápida e habilidosa no campo de batalha, mas sou ainda melhor quando estou com os meus companheiros. Juntos, somos imortais. Obrigada por fazer parte da minha tropa. — disse, sorrindo.

— É um prazer! — disse Constantinus, sorrindo de volta e ao mesmo tempo matando um germânico que o atacou.

Depois de um tempo de luta, minha tropa e eu finalmente derrotamos os germânicos, que correram apavorados. Fiquei até com dó deles porque eles não tinham metade das armas que o exército romano tinha, o que os enfraquecia muito.

— Vencemos novamente! — disse Vitruvius feliz.

— Não acredito que derrotamos aqueles idiotas de novo! — disse Domitius também feliz. Pois é, nós romanos podemos até parecer sérios demais, mas, quando cumprimos os nossos objetivos, ficamos tão felizes e saltitantes quanto uma criança quando ganha um presente.

— General, aquele centurião que conversou com você ontem o aborreceu? — perguntou Domitius.

— Não. Obrigado pela preocupação. — respondi. Logo depois, afastei-me de Domitius antes que ele pudesse dizer mais alguma coisa, fui até Constantinus, abracei-o e disse feliz:

— Nós conseguimos! Nós os derrotamos de novo!

— Sim! Daqui a pouco tomaremos todo o território deles e poderemos ir para casa! — disse Constantinus mais feliz ainda.

— É verdade!

— Liv, posso dizer uma coisa para você?

— Claro que sim. — disse curiosa.

— Você fica linda com esse traje militar e essa capa de general. — disse Constantinus, sorrindo e me examinando.

— Obrigada. — agradeci, rindo. "Ele é tão fofo!", pensei feliz.

— Estou tão feliz que posso falar com você normalmente de novo... — disse Constantinus emocionado e me abraçando.

— Eu também, Cons. — disse emocionada também. Uma coisa muito engraçada que acontecia era que sempre que Constantinus se emocionava, eu me emocionava também. Era praticamente automático e eu não conseguia entender o porquê.

— Somos uma dupla perfeita. Jamais quero me separar de você. — afirmou Constantinus, sorrindo.

— Eu sinto o mesmo. — disse, sorrindo de volta. "Se eu não tivesse que viver essa vida dupla, eu me casaria com o Cons com certeza!", pensei. Logo depois eu exclamei:

— Ótimo trabalho, pessoal! Podem descansar! — A minha tropa me obedeceu com o maior prazer. Eu fui descansar sentada em uma cadeira em frente à minha cabana. Constantinus foi junto comigo e sentou em uma cadeira ao lado.

— Eu gosto muito da nossa tropa, Liv. Todos que estão nela são muito bons. — comentou Constantinus.

— Eu concordo. Ninguém da minha tropa me deu trabalho, o que me deixa ainda mais feliz. — disse, rindo.

— Na verdade, eu dei trabalho para você. Fiquei anos tentando chamar a sua atenção e você não queria nem saber de falar comigo. — disse Constantinus, também rindo.

— Me desculpe. É que eu estava com medo de que você contaria para alguém a minha identidade ou... não sei.

— Não se preocupe. Eu sentiria a mesma coisa no seu lugar. O importante é que você descobriu que não tinha motivo para ter medo e que restauramos nossa amizade.

— Você tem razão.

— Eu sei. —"O Cons sempre me faz ficar melhor em momentos ruins! Voltar a falar com ele foi a melhor coisa que já me aconteceu depois de assumir o governo!", pensei feliz. Constantinus e eu ficamos sentados naquelas cadeiras conversando por um bom tempo. Depois percebi que eu havia me distraído muito conversando com ele e resolvi treinar um pouco a minha tropa para que os membros da minha tropa e eu não ficássemos parados o dia todo. Vi que Domitius estava com muita raiva por eu ter dado atenção a Constantinus. Ele estava com ciúmes de nós dois.

XXXVI
🏛 PRETORIANOS? 🏛

Algumas semanas depois, durante a noite, eu me despedi de Constantinus e fui para a minha cabana. Percebi que Domitius estava com uma cara muito estranha naquele momento e logo compreendi que ele estava com ciúmes por me ver conversando com Constantinus. Lembrei-me na hora em que eu vi aquela expressão no rosto de Domitius que eu deveria terminar com ele o mais rápido possível porque ele ainda acreditava que eu estava a fim dele, mas preferi deixar para o dia seguinte porque estava muito tarde e eu queria muito dormir.

Alguns minutos depois que entrei em minha cabana e deitei para dormir, senti várias mãos em cima de mim, virei para ver o que estava acontecendo e vi a minha própria guarda pessoal, a guarda pretoriana, me arrastando a força de onde eu estava. Assustada e confusa, eu exclamei:

— Como vocês ousam me acordar a essa hora de noite?! Devolvam-me já para a minha cabana! É uma ordem!

— Sinto muito, César. Nós temos que levá-lo embora porque será julgado em Roma. — disse um dos pretorianos, que, depois de dizer isso, amarrou algo em cima da minha boca para eu não conseguir falar e uma corda em volta das minhas duas mãos. Em seguida, vi que os pretorianos estavam conversando entre eles e dizendo coisas como "eu não queria estar fazendo isso com o nosso César" e "eu não acredito que aquele idiota ferrou com o César", mas fora isso, não ouvi mais nada. Apenas comecei a suar feito uma porca de tão nervosa que eu estava.

Depois de me arrastarem por um bom tempo, os pretorianos entraram comigo em uma carruagem. Vi que dentro daquela carruagem estavam

Domitius e os demais centuriões e que havia outras carruagens seguindo viagem atrás dela. Eu tinha certeza de que os outros homens da legião, da cavalaria e da infantaria estavam vindo nas outras carruagens. Domitius estava conversando com os demais centuriões, mas teve um momento em que ele parou de fazer isso, olhou-me e disse, rindo:

— Desculpe-me se espalhei o seu segredinho, César. É que eu simplesmente não achei nada certo você enganar todos os romanos para realizar um sonho estúpido. Eu tenho de admitir que você enganou a todos muito bem por todo esse tempo, meus parabéns! Veja o lado bom de tudo isso: pelo menos agora a justiça será feita e você poderá encontrar toda a sua família novamente... Lá nos Campos da Punição. — Depois que Domitius disse aquilo, tive vontade de enfiar a minha espada na garganta dele para que ele sangrasse até morrer, mas eu não podia fazer isso com as minhas mãos amarradas. Vi Constantinus em um canto na carruagem e percebi que ele estava se segurando para não chorar. Eu estava exatamente na mesma situação que ele.

— Não faço ideia de onde você estava com a cabeça quando achou que tudo bem me revelar tudo sobre o seu passado podre e ser apenas minha companheira casual. Eu estava apaixonado por você, sua idiota! Você acha mesmo que eu ia deixar barato você me dispensar e mentir sobre sua identidade para todos? Lógico que não! Você nem sequer sentia o mesmo que eu! É óbvio que eu ia fazê-la cair! — disse Domitius em tom baixo para ninguém escutar. Naquele momento, fiquei ainda mais furiosa, afinal, imaginei que Domitius havia me denunciado por ambição ou raiva, não por ciúme. Aquilo que Domitius havia dito foi a coisa mais ridícula que eu já tinha ouvido. Eu queria enforcá-lo ou quebrar o pescoço dele e gritar "Seu ciumento ridículo! Isso é mesmo sério? Quantos anos você tem? Cinco?", mas eu também não podia fazer isso.

No meio do caminho para Roma, fiquei pensando no que aqueles magistrados colocariam como minha punição: Enforcamento? Agressão até a morte? Tortura? Crucificação? Decapitação? Eu não fazia ideia, mas eu estava psicologicamente preparada para qualquer uma daquelas punições. Tinha certeza de que seria punida porque, embora eu fosse amada por várias pessoas e autoridades, eu havia cometido um crime horrível contra Roma e duvidava que a minha boa reputação me salvaria depois daquilo.

— Se você não tivesse me trocado por aquele imbecil do Constantinus Laevinus, talvez eu a tivesse poupado dessa humilhação. — disse Domitius em tom baixo e rindo. "E se eu tivesse com as minhas mãos livres, eu com certeza não o pouparia de um soco na cara! Posso ser uma mulher, mas tenho músculos, seu imbecil!", pensei furiosa.

Após alguns dias na carruagem, finalmente cheguei a Roma de um jeito que eu não esperava chegar. Eu queria mesmo era chegar à minha cidade de um jeito triunfal, com toda a Germânia conquistada e com o povo romano jogando rosas em mim e nos meus homens, mas como dizia o meu pai, a vida pode nos surpreender. Depois dos pretorianos me tirarem da carruagem, alguns magistrados foram me receber de uma maneira que eles nunca haviam feito antes e disseram que decidiram que, no decorrer do meu julgamento, eu ficaria presa em uma cela para que não abrisse a minha boca e atrapalhasse todo o processo. Eles também decidiram que Domitius ficaria de fora porque como ele quem estava me acusando, ele com certeza tentaria me ferrar mais ainda e também poderia atrapalhar tudo. Após os magistrados dizerem isso, Domitius foi junto com eles para a corte apenas para assistir ao julgamento e eu fui levada a uma prisão próxima ao lugar onde ele aconteceria. Lá dentro, os pretorianos me jogaram dentro de uma cela, como se eu fosse um animal, e me trancaram lá.

Assim que aqueles pretorianos foram embora, eu comecei a chorar loucamente. Eu estava definitivamente arruinada. Sabia que seria executada em público em alguns dias. Fiquei imaginando o que o povo romano gritaria: "Sua mentirosa!", "Você afundou Roma!" e coisas piores. Naquele momento, tirei uma conclusão: uma pessoa não deve subestimar a inteligência de uma pessoa, mas tampouco deve subestimar a burrice também. Eu nunca havia me sentido tão burra antes. Muitos podem até ter pensado que eu poderia ser salva pela minha boa reputação e tal, mas eu não seria porque além de ter mentido para todos, algo que eu nunca quis que acontecesse comigo aconteceu: eu estava grávida. Sim, pode parecer apenas uma suposição minha, mas era um fato. Uma mulher sabe quando está grávida.

Eu tinha certeza que a minha gravidez me prejudicaria ainda mais e, mesmo não querendo filhos, a ideia de que meu bebê e eu morreríamos juntos me assustava mais ainda do que se eu morresse sozinha. Mesmo o meu bebê sendo filho de Domitius, que eu não queria ver nem pintado de ouro, eu não gostaria nem um pouco que ele morresse. Se aquele bando de idiotas queria me matar, ao menos meu bebê poderia ser poupado. Mas eu sabia que mesmo que ele já tivesse nascido, eles não o poupariam porque os romanos eram assim e ponto final.

Em certo momento, o fantasma de Augusto surgiu em minha cela. Naquela hora, eu não queria ver ninguém, então fiquei muito brava quando o vi lá dentro.

— Vá embora, Augusto! Eu não preciso de mais ninguém esfregando na minha cara o quanto sou burra e o quanto se apaixonar é uma porcaria! — disse furiosa.

— Eu não vim aqui para dar um sermão em você. Só vim para fazer companhia para você, já que Constantinus e Hadriana não podem visitá-la aqui. — disse Augusto.

— A Hadri já está sabendo de tudo isso?! Não achei que a notícia já havia se espalhado tão rápido... — disse ainda mais riste.

— Você é o César, Livia, tudo que falam sobre você se espalha rápido. — afirmou Augusto, rindo.

— Me desculpe por decepcioná-lo. Eu achei que podia ser um César excepcional, pisei na bola e me odeio por isso... — disse, chorando ainda mais.

— As pessoas cometem erros. Eu sei que o seu erro foi extremamente grave, mas era de se esperar. Eu a avisei que você acabaria se apaixonando por alguém e dizendo coisas por impulso.

— Eu sei. Devia ter dispensado Domitius naquela noite... sou mesmo a maior burra da história da humanidade! — exclamei muito brava comigo mesma.

— Eu não quero deixá-la ainda mais brava, mas... Só por curiosidade: o traidor sabe sobre o bebê?

— É claro que não. Aliás, como você sabe sobre o bebê? — perguntei em tom baixo.

— Eu sou um fantasma, Livia, sei de tudo. E quanto ao Constantinus? Ele sabe de alguma coisa?

— Não, ele também não sabe.

— Entendi. Bom, boa sorte e espero que você seja salva. Você não merece isso, Livia. Você é uma das melhores pessoas que já conheci. Saiba disso. — disse Augusto triste por mim e indo embora.

— Obrigada por achar isso. — disse, forçando um sorriso e limpando uma lágrima do meu rosto.

Depois que Augusto sumiu completamente, voltei a chorar feito uma desesperada. Eu estava em pânico. Com certeza morreria. Todos se lembrariam de mim como uma mentirosa, Domitius ganharia um monte de riquezas, o meu bebê morreria junto comigo, todos odiariam as mulheres mais ainda e Hadriana provavelmente também seria executada. Resumindo, eu estava definitivamente acabada. A partir daquele dia, com certeza o meu tempo como César e general de Roma havia acabado, mas tenho eu de admitir que foi muito bom enquanto durou.

XXXVII
HADRIANA ME FAZ UMA VISITA

No dia seguinte, acordei com dores nas costas porque dormi em uma posição extremamente desconfortável. Para aliviar a minha dor, resolvi me alongar um pouco. Logo depois, sentei-me no chão, olhei em volta da minha cela e prestei atenção nos detalhes dela: o chão que eu mal conseguia ver, as paredes estreitas de pedra, a pequena janela com entrada de luz, as grades... E me senti um animal selvagem lá dentro. Notei também que eu mal havia acordado e os dois guardas da minha cela já estavam lá fora. Ao vê-los, fiquei tentando imaginar o que estariam pensando sobre mim: que eu era uma mentirosa, uma pessoa que merecia perdão, uma egoísta, um bom César, entre outras coisas. Talvez eles estivessem do meu lado, mas eu infelizmente não tinha como saber.

Um tempo depois de olhar em volta, vi que Hadriana apareceu na saída de sua cela, que ficava em frente à minha, com o olhar mais agoniado que eu já tinha visto. Ela parecia que explodiria em algum momento e que estava disposta a matar qualquer um que a impedisse de fazer o que desejava.

— Guardas, eu quero muito falar com o meu marido, que está na cela logo à frente. Por favor, abram a porta da minha cela. — pediu Hadriana, respirando fundo e segurando as grades que estavam logo a sua frente.

— Sinto muito, não podemos deixá-la sair de sua cela, senhora Hadriana. Não temos permissão para isso. — disse um guarda que estava ao lado da saída da cela de Hadriana.

— O prisioneiro que está na cela em frente à minha é o meu marido! Preciso entrar lá dentro e falar com ele! — disse Hadriana desesperada.

— Desculpe-me. — disse o guarda. No mesmo momento, notei que Hadriana teve uma ideia. Ela pegou algo que deveria estar guardado dentro do *subligáculo* dela. Vi que o objeto que ela havia pegado era um belo colar de ouro maciço. Aquele colar brilhava tanto que fazia os meus olhos arderem. Eu já tinha visto Hadriana com aquilo no pescoço muitas vezes e imaginei que os guardas o haviam tomado dela a essa altura, mas pelo jeito ela o tinha escondido muito bem.

— Tome isso, tire-me daqui e coloque-me agora dentro da cela do meu marido! — disse Hadriana brava.

— Um objeto de ouro maciço? Muito obrigado! — disse o guarda com os olhos brilhando de felicidade ao observar o colar, que estava em sua mão. O guarda então abriu a porta da cela de Hadriana, esperou ela sair de lá, depois a fechou. Logo depois, ele abriu a porta da minha cela e ela entrou. Ela começou a chorar, correu até mim e me deu um abraço forte. Fiquei tão feliz em abraçar Hadriana que quase chorei de emoção.

— Eu juro por todos os deuses que se eu tivesse poder o suficiente, com certeza executaria o idiota que a dedurou! Estou com tanta raiva... Aliás, quem foi o imbecil que fez isso? Por que ele teve a ousadia de fazer isso?! Me conte toda essa história, do início ao fim! — disse Hadriana em tom muito baixo e com raiva da situação.

— Bom, tudo começou quando eu conheci Domitius Avitus, o centurião-chefe do meu exército... Talvez nada disso tivesse acontecido se eu nunca tivesse falado com ele. — disse em tom baixo.

— Como assim? — perguntou Hadriana. A partir do momento em que Hadriana disse "como assim?", nós duas passamos a conversar.

— Depois que conheci o Domitius, nós ficamos amigos, mas, em seguida, ele se declarou para mim, pediu para ficar comigo por uma noite e eu aceitei porque estava carente. No dia seguinte, o Cons resolveu se reconciliar comigo e eu fiquei dividida porque ao mesmo tempo em que queria muito ficar com ele, eu não gostaria nem um pouco de ferir os sentimentos do Domitius... — disse.

— Você se meteu no meio de um triângulo amoroso?! Como assim?! Você não deveria ter feito isso, Liv! Aliás, por que você deu uma chance para esse Domitius e ainda revelou para ele o seu segredo?! — perguntou Hadriana muito inconformada.

— É que eu estava me sentindo tão sozinha e, por um momento, o Domitius parecia ser um homem tão confiável, compreensivo e amigo... Não imaginei que ele faria uma coisa dessas comigo depois de todos os nossos ótimos momentos juntos! — disse muito triste.

— Pois é, mas as pessoas nos surpreendem. Você errou feio em confiar nesse homem e também deve tê-lo deixado arrasado depois que ele descobriu que o Constantinus ainda gostava de você e vice-versa. — afirmou Hadriana.

— Eu sei, Hadri. Me desculpe... — disse, chorando. Muito triste, Hadriana abraçou-me e disse:

— As pessoas cometem erros na vida. Não tem jeito. E também agora o erro já foi cometido e o máximo que podemos fazer é esperar pela decisão do magistrado sobre... nós duas.

— Como assim "nós duas"? — perguntei muito confusa.

— Liv, eu também fui condenada e presa. Afinal, casei-me com você para ajudá-la a manter o seu disfarce de homem, ou seja, sou uma cúmplice da sua mentira, o que resultou na minha prisão. — contou Hadriana triste ao se lembrar.

— Sinto muito por envolvê-la nisso, Hadri. Mas por que quis vir até minha cela? — perguntou Livia confusa.

— Queria ficar ao lado da minha melhor amiga pela última vez porque nós seremos executadas juntas amanhã. — respondeu Hadriana, rindo nervosamente.

— Você disse exe... exe... executadas?! — perguntei desesperada e quase tendo uma parada cardíaca.

— Sinto muito, Liv. Me contaram hoje de manhã que essa noite será a nossa última na cela e que amanhã à tarde seremos mortas no Coliseu. — contou Hadriana arrepiada e chorando muito. Naquele momento, tive vontade de me jogar em um buraco e nunca mais sair de lá. Eu nunca imaginei que o meu fim seria tão trágico e muito menos que Hadriana teria o mesmo fim que eu. Desejei voltar no tempo para poder lutar com Constantinus, beber com Vitruvius, Horatius e Aelius e conversar por horas com Hadriana no Monte Palatino. Queria apenas que tudo aquilo desaparecesse.

— Hadri, antes de falarmos sobre qualquer outra coisa, eu gostaria de contar para você algo que eu descobri há algum tempo. — disse.

— Pode falar. — disse Hadriana muito curiosa.

— Eu estou grávida. — contei muito triste. Hadriana ficou tão surpresa que achei por um momento que os olhos dela saltariam para fora. Depois que o grande momento de choque de Hadriana passou, ela olhou em volta, engoliu em seco e disse:

— Você tem certeza disso?

— Sim, eu tenho. Para completar a minha desgraça, Domitius é o pai do bebê. Eu descobri isso há algumas semanas, ou seja, mesmo que o Domitius não tivesse dito uma única palavra sobre mim, nós teríamos sido presas de qualquer jeito porque, como todos sabem, homens não engravidam. A verdade sobre mim seria revelada desse modo ridículo. — afirmei, rindo ao me lembrar.

— Meus deuses, Liv! Então amanhã três pessoas serão executadas e não duas... Que horror! — comentou Hadriana, chorando e me abraçando. Eu comecei a chorar novamente.

— Eu nunca imaginei que aconteceria isso conosco, Hadri! Achei que poderíamos governar Roma juntas por muito mais tempo! — disse.

— Bom, eu tenho uma boa notícia para você: o povo romano está desde ontem nas ruas quebrando objetos de louça e não para de gritar. A população está pedindo aos políticos que nos soltem! Talvez seremos salvas! — disse Hadriana muito feliz ao se lembrar.

— Sério?! Que ótimo! Fico muito feliz que o povo está do nosso lado! Mas a parte ruim é que os políticos raramente escutam o que o povo diz... — afirmei muito triste. Hadriana de repente tirou o sorriso do rosto e começou a chorar novamente, como se alguém tivesse tirado o único pedaço de esperança que ela tinha. E eu sabia que esse alguém era eu, mas eu tinha de ser realista, não existia outro jeito de lidar com aquela terrível situação.

— Você tem toda a razão... estamos perdidas. Vamos virar almoço de leões amanhã. Tomara que a nossa morte seja bem rápida porque eu não quero ficar sofrendo naquele lugar e muito menos ver você sofrer. — afirmou Hadriana, abraçando-me e secando as lágrimas do rosto.

— Pois é, Hadri, você está certa. O jeito é rezar para que aqueles leões acabem logo conosco. Lutei tantos anos para me tornar a garota que eu não podia ser, estudei muito, sonhei em me tornar César e, quando meu sonho finalmente se tornou realidade, um pequeno deslize meu destruiu tudo. — disse, ainda chorando um pouco.

— Eu sei que esse assunto é muito sensível, mas só por curiosidade... Mais alguém sabe sobre a sua gravidez? — perguntou Hadriana.

— Não. Você é a única. — respondi. Eu não contei nada a Hadriana sobre a minha conversa com o fantasma de Augusto porque eu sabia que ela sempre teve muito medo de fantasmas.

— Bom, já que você revelou uma coisa sobre você, eu também vou. — disse Hadriana, respirando fundo e suando um pouco.

— Pode falar. — disse um pouco preocupada.

— Você vai ficar chocada com o que eu vou dizer para você agora... — disse Hadriana, rindo.

— Tudo bem. Diga o que você tem a dizer. — pedi.

— Eu sempre fui apaixonada por você, Liv. Menti ao dizer que só descobri que gostava de garotas depois de certa idade, na verdade eu sempre gostei. Você foi a primeira menina de quem gostei de verdade. Depois de fazer amizade com você, pensei que você talvez me daria uma chance, mas depois percebi que você gostava de garotos e fiquei muito triste. Namorei a Iulia e a Vipsania para tentar esquecê-la, mas não deu nada certo. Depois que você virou César, percebi que ganhei uma oportunidade de poder provar o meu amor por você e ficar ao seu lado para sempre, então eu a aproveitei e casei com você. Agora que morrerei junto com você, estou feliz e triste ao mesmo tempo porque, embora eu vá morrer, ao menos será ao lado da minha amada. — contou Hadriana, fazendo carinho em meu rosto. Eu estava muito espantada com o fato de Hadriana ser apaixonada por mim, embora eu soubesse que ela gostava de garotas, nunca imaginei que eu fosse a dona do coração dela. Por um momento pensei: Se Hadriana sacrificou tantas coisas por mim, ela realmente me amava de verdade e estava disposta para fazer tudo para ficar comigo. Já Constantinus, que eu amava, nem sequer havia aberto a boca para me tirar daquela situação.

— Eu realmente não esperava por isso... desculpe-me, Hadri. Embora eu goste muito de você, não sinto a mesma coisa. Para mim, você é como uma irmã, não podemos ficar... juntas. — disse do jeito mais simpático possível.

— Eu sei disso. Não se preocupe. Só queria que você soubesse o que eu sinto.

Depois daquela conversa, Hadriana e eu ficamos apenas sentadas olhando para o além naquela cela, esperando que algum milagre acontecesse. Era muito triste ver algo que nós construímos juntas ser destruído. Se o destino realmente queria que nós acabássemos mortas, era melhor eu ter deixado o meu grande sonho de ser César ser apenas um sonho. Em que encrenca fui me meter? Como eu deixei um momento meu de solidão estragar tudo? Eu simplesmente não conseguia entender. Queria muito dar uma última volta no Monte Palatino com Hadriana e fingir que eu não precisava me preocupar com absolutamente nada. Naquele momento, pensei comigo mesma que, naquela história toda, a minha verdadeira amiga era Hadriana porque foi ela quem arriscou tudo para me ajudar e sempre me apoiou. Constantinus também era um grande amigo e o meu amado, mas, ainda assim, ele não havia vindo me ver na prisão uma única vez e, depois que Domitius me entregou, ele não fez nada para tentar me livrar daquela situação terrível. Apesar de tudo, naquele instante, duvidei do amor de Constantinus por mim. Agora eu conseguia compreender o motivo de Hadriana ter sacrificado tanto por mim e me apoiado cegamente em tudo: ela me amava e nunca teve coragem de me dizer. Qualquer outra pessoa jamais teria a coragem que Hadriana teve e mesmo depois de tudo que fez por minha causa, infelizmente morreria junto comigo no Coliseu.

XXXVIII
LOUÇA PODE SER ÚTIL

No dia seguinte, oito horas da manhã, Hadriana e eu acordamos. Nós havíamos passado a noite juntas na cela e estávamos muito nervosas porque o dia de sermos executadas havia chegado. O nosso reinado tinha acabado de uma vez por todas e morreríamos exatamente como eu nunca imaginei: juntas e da mesma forma. Estava imaginando onde estaria Constantinus naquele momento: Em sua casa? Nas ruas de Roma? No Senado? Não fazia a mínima ideia. Eu também não sabia se o povo de Roma acompanharia a carroça que levava gladiadores ao Coliseu e que, naquele dia, nos levaria até lá. Será que acompanhariam com gritos de alegria e entusiasmo ou se, por algum milagre, eles se mostrariam contra o nosso assassinato? Rezei para os deuses para que, caso Hadriana e eu morrêssemos mesmo como gladiadores, a nossa morte fosse bem rápida. Torci para eles ouvirem as minhas preces.

Logo depois, ouvi um barulho e vi que era um guarda abrindo a cela. Era a hora. Simplesmente não pude deixar de chorar. Queria apenas matar todos aqueles guardas, fugir com Hadriana para bem longe e desaparecer para sempre, mas eu sabia que não tinha esse poder, pois estava desarmada. Um guarda amarrou as minhas mãos enquanto outro amarrou as de Hadriana.

— Eu não direi "vou sentir a sua falta" porque nós nos encontraremos lá no Elísio depois da nossa morte no Coliseu mesmo, então.... — disse Hadriana, rindo e em tom baixo.

— O pior é que você tem toda a razão, Hadri. — comentei também em tom baixo e rindo. No mesmo instante, os guardas me levaram com Hadriana até a carroça e colocaram-nos lá. Outro guarda subiu no cavalo que estava ligado por uma corda à carroça, que começou a andar nos levando rumo ao Coliseu. Ao nosso lado direito e esquerdo estavam quatro homens do exército para proteger a nossa carroça do povo, caso eles decidissem nos atacar. O que me decepcionou muito naquela hora foi que um dos militares que nos acompanhavam era Constantinus. Mas, por outro lado, eu não o culpo porque se fosse ele, não tentaria me ajudar, pois sabia qual seria o meu destino. Notei que Constantinus marchava com tristeza e tão devagar quanto uma tartaruga. O rosto, o pescoço, os braços e as pernas dele estavam cheios de marcas e queimaduras horríveis e ele tentava o tempo todo esconder o seu rosto por estar chorando. "O Cons tem feridas no corpo! Ele deve ter sido torturado severamente! Então eu estava enganada, ele tentou me ajudar mesmo!", pensei com peso na consciência.

— Eu a amo, Liv. Nunca se esqueça disso. — disse Constantinus em um tom tão baixo que mal deu para ouvi-lo.

— Eu também o amo. — disse, sorrindo e quase no mesmo tom. Percebi que Hadriana havia ouvido a nossa conversa e ficado com muito ciúmes. "Imagino o quanto a Hadri deve odiar o meu romance com o Cons e também o enorme sofrimento que ela carrega desde que esse lance entre nós dois começou", pensei triste por Hadriana.

Depois de certo tempo, a carroça finalmente chegou ao centro da cidade e muitas pessoas estavam lá atirando um monte de objetos de louça na nossa direção e gritando. No primeiro momento, achei que eles estavam nos vaiando e apoiando a nossa execução, mas, depois, comecei a prestar mais atenção no que eles diziam e ouvi: "Libertem o César e sua esposa!". Todos gritavam isso, quebravam paredes e jogavam objetos de louça nos soldados que estavam ao lado da nossa carroça e no homem que a estava conduzindo. Fiquei com dó de Constantinus porque em menos de um minuto ele havia levado uns dez vasos de louça na cabeça. Observei também que o povo estava jogando os objetos nos magistrados e senadores, que estavam sendo transportados em bigas e quadrigas bem chiques. Domitius estava em outra biga com vários militares em volta e sendo severamente machucado por conta dos objetos atirados nele. Ri ao ver a cena, mas de repente meu estômago embrulhou porque eu me lembrei que estava carregando o filho dele na minha barriga.

Quando a carroça chegou próxima à entrada do Coliseu, o povo se aglomerou lá, impedindo a passagem dela. Hadriana e eu comemoramos porque a carroça não poderia simplesmente atropelá-los e nos levar para dentro. Notei que Constantinus também ficou muito feliz. Em um momento, vi uma mulher na multidão decepar com uma grande faca as duas pernas do cavalo que levava a nossa carroça enquanto outra mulher decepava as pernas que restavam com outra faca. O cavalo gritou e morreu por conta da hemorragia e a carroça despencou com tudo no chão, mas nós não nos machucamos. Logo depois, um homem cortou a cabeça do guarda que estava em cima do cavalo. Foi a cena mais terrível que já tinha visto, mas, ao mesmo tempo, sabia que o povo estava fazendo tudo aquilo por mim. Apesar de ter enganado as pessoas, o povo soube ver todas as coisas boas que eu havia feito e me apoiavam com toda a coragem do mundo. Se eu tivesse com as minhas joias, eu com certeza as teria jogado para aquelas pessoas porque elas realmente as mereciam. Com medo de perder a cabeça, os senadores começaram a conversar para tomar uma decisão. Um deles exclamou:

— Parem de gritar! Parem as bigas e quadrigas! Parem a carroça! Temos algo a dizer a vocês, povo de Roma!

— Fale logo! — exclamaram algumas pessoas.

— César Tullius, ou melhor, Livia Regilla enganou a todos vocês juntamente com sua esposa falsa, Hadriana Triaria. Por que vocês as defendem? Perderam a cabeça? — perguntou o senador inconformado. "Se eu tivesse com uma espada, você quem teria perdido a cabeça, seu idiota!", pensei brava.

— Essas duas mulheres deram saneamento básico para quem não tinha, algo que nenhum César jamais fez, e isso ajudou as doenças a diminuírem drasticamente! — exclamou uma mulher.

— Essas duas mulheres investiram na educação romana sem desviar dinheiro! — exclamaram dois homens.

— Elas iam a todos os bairros de Roma toda semana cumprimentar e abraçar os que estavam com a saúde debilitada! — exclamou outra mulher.

— Elas nos tratam como pessoas e não como cachorros como outros Césares faziam! E prenderam muitos dos políticos que precisavam ser presos há muito tempo! — exclamou outro homem.

— Vocês não se importam que ambas enganaram vocês apenas para subir ao poder? — perguntou um magistrado.

— A culpa não é delas se vocês não deram oportunidade para as mulheres governarem! — exclamaram três mulheres.

— Independente de nosso César ser mulher ou não, ela não merece esse destino! Ela fez muito por nós e mostrou sua inteligência e humildade como qualquer outro César homem jamais fez! — exclamou um homem. "Ouvir isso de um homem é equivalente a ganhar 700 mil joias em um só dia...", pensei muito feliz.

— Vocês querem que as duas morram de uma maneira menos dolorosa? É o máximo que podemos fazer. — disse outro magistrado. O povo começou a gritar e atirar objetos de louça e facas novamente. Ouvi alguns gritando: "Queremos a liberdade delas!" e outros mais corajosos: "Libertem-nas, bando de idiotas!". Domitius começou a suar tanto que parecia que havia formado um oceano no corpo dele. Os senadores e os magistrados começaram a conversar e fazer sinais entre si. Hadriana e eu demos as mãos; estávamos muito tensas. Queríamos saber logo o que aqueles políticos fariam conosco. Constantinus estava com os dedos cruzados e com a testa molhada de suor, mas eu não sabia se o suor era por conta do nervoso que ele estava sentindo ou daquele capacete pesado e quente de militar que estava na cabeça dele há bastante tempo.

— Povo de Roma, tomamos a nossa decisão. — exclamou um senador. O povo ficou quieto na hora e tão tenso quanto nós. Um ar de esperança de repente surgiu naquela multidão e logo percebi que eles queriam saber qual seria a decisão o mais rápido possível para decidir se comemorariam ou atacariam. Rezei para Minerva iluminar a cabeça daqueles políticos com muita sabedoria para que eles tomassem a decisão certa sobre a minha vida e a de Hadriana.

— O Magistrado e Senado romano decidiram em conjunto que Livia Regilla e Hadriana Triaria serão poupadas da morte, porém, não voltarão ao poder. Serão exiladas para Constantinopla, onde viverão uma nova vida e jamais voltarão a se envolver em política. — exclamou o mesmo senador.

— Então elas ficarão vivas? Obrigada, meus deuses! — exclamaram várias pessoas. Hadriana e eu nos abraçamos e choramos de emoção. O povo comemorou. Senti que um enorme peso foi arrancado das minhas costas. Embora eu não pudesse mais ser César, ao menos ficaríamos vivas.

— Queremos também que Domitius Avitus seja punido por ter entregado as duas. O que vocês farão? — perguntou um homem.

— Isso nós deixaremos na mão de vocês. Soldados, tirem Domitius de sua biga que o povo dará conta dele. — disse o mesmo senador. Logo depois, nós duas fomos retiradas da nossa carroça e colocadas em uma biga.

— Vocês irão para casa, arrumarão suas coisas e amanhã cedo partirão para Constantinopla. Os políticos disseram que se quiserem podem levar a família e os amigos com vocês. — disse o homem que conduziria a nossa biga. No caminho até minha casa, vi de longe o povo esquartejando Domitius e os militares indo embora, inclusive Constantinus, que estava aliviado. Eu tinha certeza que mais tarde ele me visitaria.

— Conseguimos, Liv! Não vamos morrer! — disse Hadriana, explodindo de alegria.

— Sim, Hadri! Conseguimos! — disse muito feliz, abraçando Hadriana com força e chorando de emoção.

Depois que a biga finalmente chegou à nossa casa, nós descemos, entramos e comemoramos dançando, gritando e cantando por um bom tempo como se estivéssemos em uma festa. Foi um dos dias mais tensos da minha vida, mas quando aquela tensão finalmente acabou, e Hadriana e eu não seríamos executadas, nós tínhamos de comemorar antes de começarmos a arrumar nossas coisas. No meio da nossa grande e animada comemoração, bebemos quase duas garrafas de vinho, mas não chegamos a ficar bêbadas. Depois que a festa acabou, fomos arrumar as nossas coisas para a nossa partida, que seria no dia seguinte. Constantinus muito provavelmente apareceria para se despedir de mim. Também sabia que dizer adeus a ele sem agarrá-lo e chorar feito uma louca seria bem difícil porque eu o amava muito.

XXXIX
🏛 DESPEDIDA? 🏛

No dia seguinte, Hadriana e eu tomamos café da manhã, nos arrumamos, pegamos as nossas coisas, saímos de casa e ficamos esperando a nossa carruagem chegar. Eu estava bem triste com o fato de deixar Roma, mas ao menos estava viva e isso já era ótimo. Só os deuses sabiam onde havia ido parar a minha coroa de louros porque depois que fui presa nunca mais a vi.

Depois de dez minutos, vi um homem no horizonte andando na minha direção. Não consegui reconhecê-lo de primeira, mas depois que se aproximou mais vi que era Constantinus, que usava sandálias marrons e a mesma toga de tecidos baratos de sempre. Como ele estava de toga, deu para ver ainda mais as horríveis feridas em seu corpo, o que me assustou bastante. Fiquei radiante ao vê-lo porque por um momento pensei que ele havia se esquecido de se despedir de mim.

— Olá, Liv. — disse Constantinus, sorrindo. "Adoro a voz dele...", pensei. Na mesma hora, saí correndo até ele e o abracei com força. Fiquei muito feliz ao senti-lo e tocá-lo novamente, pois fazia tempo que eu não fazia isso. Logo depois, Hadriana disse:

— É melhor eu deixar vocês dois sozinhos. Vocês precisam se despedir sem ninguém olhando. — E então ela se afastou. Eu ia agradecê-la por isso, mas não deu tempo.

— Antes de qualquer coisa, eu gostaria de dar esse colar para você para que você nunca se esqueça de mim. — disse Constantinus, colocando um colar de ouro com um pingente que tinha uma pequena pedra preciosa.

O colar não era extravagante e cheio de pedras como a maioria das minhas joias, mas eu preferia um presente mais simples de alguém que eu amava do que um presente maravilhoso dado por uma pessoa que eu nunca me importei, como alguns dos meus parentes, por exemplo.

— Muito obrigada, Cons. Mesmo que você não me desse esse colar, eu jamais me esqueceria de você. Aliás, eu gostaria muito de saber o que são esses machucados horríveis do seu corpo! O que houve com você? — perguntei preocupada.

— Eu tentei defendê-la lá no magistrado e pedi para soltarem-na, mas ninguém me ouviu e fui torturado com chicoteadas, facadas e óleo quente por um dia inteiro. — contou Constantinus horrorizado ao se lembrar.

— Que horror! Você não deveria ter se arriscado por mim desse jeito! — comentei também horrorizada.

— Me arriscar por você vale a pena porque você é uma pessoa que eu amo muito. — afirmou Constantinus. Comecei a chorar na hora porque me lembrei de que nunca mais veria Constantinus novamente e seria difícil esquecê-lo.

— Eu também o amo. Vou sentir muito a sua falta. Adorei os nossos momentos juntos. — disse, secando uma lágrima. Constantinus riu, fez um carinho em meu rosto e disse:

— Você não precisa sentir a minha falta. Aliás, eu vim aqui lhe fazer uma pergunta: Quer se casar comigo, Liv? — congelei na hora. Eu queria muito dizer sim a Constantinus e beijá-lo, mas eu não podia fazer isso. Não tão rápido. Havia uma única pessoa que poderia definir se Constantinus me abandonaria de uma vez por todas ou não: o meu bebê. Isso seria a oportunidade perfeita para testar o amor dele por mim, mas aquele era um teste que eu não gostaria que fosse realizado. Porém, infelizmente, uma hora ou outra Constantinus descobriria que eu estava grávida e eu precisava contar isso a ele o mais rápido possível.

— Sim, mas antes preciso contar uma coisa que vai fazer você se perguntar se deveria ter me feito essa pergunta ou não. — disse, começando a suar.

— Como assim? — perguntou Constantinus totalmente confuso.

— Você vai entender. Cons, o grande motivo de Domitius ter me entregado não foi por ambição, e sim por ciúmes. Bem antes de você se reconciliar comigo, tive um... caso com ele. Depois que nós voltamos, ele ficou morrendo de ciúmes e me entregou por isso e também por outras razões, como inveja, sede por dinheiro e recompensas. — contei.

— Eu entendo. Está tudo bem. Todos nós cometemos erros e fazemos coisas por impulso. O importante é que você está comigo novamente. — afirmou Constantinus, sorrindo.

— Eu ainda não contei a pior parte da história. — disse, quase chorando porque naquele momento eu poderia definitivamente perder Constantinus para sempre.

— Qual é a pior parte da história? Você está começando a me deixar preocupado... — disse Constantinus. Respirei fundo, segurei o meu choro e disse:

— Eu estou grávida do Domitius. Descobri há pouco tempo. Se você quer mesmo se casar comigo, vai ter de aceitar o meu bebê na nossa família. — disse muito aliviada. No momento em que eu disse aquilo, achei que Constantinus ia surtar ou desmaiar. Ele olhava para um lado e para o outro. Tentou abrir a boca para falar, mas nada saía. Ele teria de decidir entre me abandonar para sempre ou se casar comigo e suportar a ideia de que teria de conviver pelo resto da vida com uma filha ou um filho que não era dele, e sim de Domitius, o homem que se apaixonou por mim e tentou me executar com Hadriana no Coliseu.

— Liv, não sei o que dizer. Eu a amo muito, mas o fato de você ter ficado com Domitius me arrepia... E me enoja. — disse Constantinus muito tenso.

— Eu entendo o seu ponto de vista. Afinal, você vai casar comigo do mesmo jeito ou não? A decisão é totalmente sua. Aliás, me esqueci de dizer uma coisa: para que ninguém pense que temos uma família... desequilibrada, preciso que você assuma o filho como se ele fosse seu, e não de Domitius.

— Então você quer que eu assuma um filho que não é meu? — perguntou Constantinus ainda tenso.

— Pelo bem do nosso casamento e da nossa reputação sim. — respondi. Constantinus então começou a pensar e olhar para os lados novamente. Parecia que ele desabaria a qualquer momento. Senti-me mal por tê-lo colocado naquela situação, mas era a minha única escolha. Era aquilo ou terminar com ele. Preferi correr os riscos necessários e escolher a primeira opção.

— Você contou ao Domitius sobre a sua gravidez antes de ele morrer? — perguntou Constantinus.

— Não, ele morreu sem saber de nada. Mas enfim, você ainda quer se casar comigo ou não, Cons? — perguntei impaciente.

— Eu não quero perdê-la por conta de um filho acidental. Amo você demais para isso. Então é o seguinte: nós vamos nos casar, eu assumirei a criança e viveremos felizes em Constantinopla. Pode ser? — perguntou Constantinus muito mais calmo do que antes.

— Claro que sim! Fico muito feliz que você tenha aceitado fazer o que eu pedi! Significa muito para mim! — disse aliviada.

— Eu faço qualquer coisa por você, Liv. Cuidarei do seu bebê, mesmo ele sendo filho de outro homem. — afirmou Constantinus. No mesmo momento, eu o beijei, o abracei e disse:

— Muito obrigada, Cons. Você é mesmo incrível.

— Você que é. — disse Constantinus, sorrindo.

— Hadri, pode vir! — exclamei. Hadriana veio até nós e disse:

— Já acabaram? Podemos ir, Liv?

— O Cons vai conosco. Nós vamos nos casar lá em Constantinopla. — disse muito feliz.

— Sério?! Que demais! Parabéns! Mas antes precisamos nos divorciar. Ainda somos casadas. — disse Hadriana, rindo.

— Eu sei. Faremos isso ao chegar lá. — afirmei, também rindo. Como Constantinus partiria comigo, ele pegou suas coisas, que estavam ao lado de um arbusto, e entrou com Hadriana e comigo na carruagem que nos levaria até Constantinopla, onde seria o nosso novo lar. Embora eu não pudesse ser César novamente, ao menos Hadriana e eu estávamos sãs e salvas e eu me casaria com o homem que amava. Naquele dia, percebi que o amor de Constantinus por mim era ainda maior do que eu pensava, afinal, ele concordou em fazer um grande sacrifício por mim que poucos fariam. Eu sabia que Hadriana tinha ciúmes de mim e Constantinus, mas eu tinha certeza de que isso em breve passaria e que ainda seríamos grandes amigas por bastante tempo. Mesmo que não quisesse sair de Roma, eu estava ansiosa para chegar a Constantinopla porque lá seria onde eu me casaria com Constantinus, que era algo que eu já desejava há bastante tempo.

Depois de muito tempo de viagem, Hadriana, Constantinus e eu finalmente chegamos à Constantinopla. Uma semana depois da nossa chegada à cidade, Hadriana e eu nos divorciamos e seguimos nossas vidas, mas mantivemos contato e sempre nos encontrávamos duas vezes por semana. Alguns dias após o nosso divórcio, eu me casei com Constantinus. Nós compramos uma casa, ele deixou de ser militar e abrimos juntos uma oficina de artesanato, onde trabalhávamos juntos. Tenho de admitir que era bem divertido trabalhar lá. Nove meses depois nasceu a minha filha: Hortensia. Ela era muito bonita e meiga, mas infelizmente tinha características físicas muito semelhantes às do pai, como, por exemplo, os olhos verdes, os cabelos castanho-claros e o sorriso traiçoeiro. Mesmo ela sendo filha de Domitius, Constantinus a tratava bem e eu também. Eu gostava muito dela. Dois anos depois, Constantinus e eu tivemos uma filha: Lucilia. Ela era linda, esperta e engraçada. Nós a amávamos bastante. Após três anos do nascimento de Lucilia, tivemos nosso segundo e último filho: Fulvius. Ele era muito inteligente e gentil. Constantinus e eu também o amávamos muito.

Mesmo perdendo a chance de governar Roma até o fim da vida, ao menos fizeram duas estátuas gigantes em minha homenagem. Perder o poder, casar e ter filhos não foi exatamente o que imaginei que aconteceria comigo, mas tenho de admitir que foi uma das melhores coisas que aconteceram na minha vida, afinal, aqueles quatro eram a minha família e eu os amava mais que tudo. Enfim, esta é a minha história.

Antes de me despedir, gostaria de dizer uma coisa para todas as mulheres e homens do mundo: corram atrás dos seus objetivos, esforcem-se ao máximo para alcançá-los e nunca deixem que ninguém os desanime, porque muitas pessoas tentarão fazer isso. Também digo a vocês o seguinte: tenham orgulho de si mesmos, reconheçam os seus talentos e não fiquem reclamando dos seus defeitos e fraquezas, pois isso os impedirão de seguir em frente e conseguir o que desejam. Mulheres, vocês principalmente não podem jamais deixar alguém para-las, sempre lutem pelos seus ideais e direitos. Mostrem que vocês são capazes de realizar seus sonhos e que ninguém nunca poderá controlá-las ou dizer o que devem ou não fazer. A única pessoa que tem esse poder são vocês mesmas. Sempre se lembrem: estudem, batalhem e ganhem o máximo de conhecimento possível, vocês têm exatamente a mesma capacidade intelectual que os homens têm, não pensem bobagens.

Era isso que eu gostaria de dizer. Muito obrigada por lerem a minha história, desejo o melhor para todos vocês e espero que consigam realizar todos os seus sonhos.

🏛 FIM 🏛

AGRADECIMENTOS

Ao meu pai, Ricardo, que foi uma das pessoas que mais me apoiou para publicar meus livros, e à minha mãe, Solange, que me deu várias dicas e está sempre ao meu lado quando preciso.

À minha tia, Fernanda, que me incentivou, me deu apoio e dedicou seu tempo lendo alguns textos meus e me apresentou ao meu editor.

Ao meu querido avô, Antonio, que leu meus livros e fez comentários que me ajudaram, e à minha avó, Idalina, que também leu com carinho.

Labrador

Impresso por:

META SOLUTIONS
www.metaslt.com.br